Fan
ファン文庫

# 焼きたてパン工房プティラパン

## 僕とウサギのアップルデニッシュ

著　植原 翠

JN198899

マイナビ出版

CONTENTS



Petit lapin

# Episode 1 果実ブレッドとドングリブール

小学四年生の頃、ジャンケンで負けて飼育係になったことがある。校舎裏の飼育小屋で、ウサギの世話をする係だ。正直言ってめちゃくちゃ面倒くさかったし、大事な放課後の時間を奪われるのは納得いかなかった。

でもそれは最初だけで、いざ世話をしはじめたら、ウサギがかわいくてたまらなかった。まん丸な目をして、柔らかな毛をふかふかさせて、丸まった背中の先にちょこんと尻尾がついている。ぴくぴく動く大きな耳は立っていても下がっていても抜群にかわいい。

あれだけ面倒だった飼育係の仕事は、気がついたら、誰にも譲れない至福のひととき
となっていたのだ。

「その時期からか、想良《そら》がウサギ好きなのは」

運転席の父さんが話しかけてくる。

「あの頃、獣医になりたいって言ってたよな」

「うん。でもそんときだけね。すぐに諦めたから」

助手席の僕は、車窓から山道を眺めていた。

なにかになりたいと憧れたのは、あの時期だけだった気がする。そしてすぐに気が変わった。だから進学を決めた高校も、なにか学びたいことがあったのではなく、偏差値だ

けで入れそうな学校をいい加減に選んだ。強いて理由をつけるなら、このテキトーな性格を直すため、家から離れるためというか。家族に甘えず自立できるように、遠い学校を選んだ。

後部座席とトランクは、僕の荷物で埋まっている。山道で車がボコッと揺れるたび、無理に積んだお気に入りの赤いリュックが崩れそうになった。

「にしても花芽町《はなのめちょう》、まだ着かない？　もう一時間以上走ってるよ」

父さんの横顔に問うと、彼はフロントガラスの向こうをじっと見つめて答えた。

「だから、『結構遠いぞ』って先に忠告しただろ。それを振り切って契約したのは想良だからな」

それを言われると、なにも言い返せない。

僕、桧島《ひとう》想良は、この春から住む新居に向けて父さんの車で引っ越し中である。

進学した高校は、自宅から距離がある。そこで学校から近いところに下宿することにしたのだが、住む場所とか契約とかなにかと面倒で先延ばしにしていた。だらだらしているうちに春休みが残り僅かになってしまい、慌てて移住を決めたのが学校のある町の隣町、花芽町だった。

花芽町は、海岸沿いに位置する低い山の中にある。初心者向けハイキングコースにもなっている山道を、北に三十分歩けば山頂へ、南へ三十分下れば浜辺に出る。東西の道路を行けば、山の麓の町に出る。ただし、こちらは町まで車で三十分かかる。つまり恐ろしくアクセスの悪いド田舎なのである。

その花芽町で親戚が宿屋を経営しているというので、そこに転がり込むことになった。本当はもっと学校の近くがよかったのだけれど、時期が時期だったので選べなかった。宿屋の主人である公星《きみほし》さんは、会ったこともないほど遠い親戚だが、親戚は親戚だ。

父さんが大袈裟にため息をついた。

「いくら時間がなかったからって、電話一本で決めちゃって……。そもそも時間がなかったのだって、お前がなかなか重い腰を上げなかったせいだし」

今になってクドクドとお説教を始める。僕は聞くのが億劫で、また窓の外の緑に目をやった。父さんは聞いていない僕に、しつこく言い続けた。

「なんでも勢いでこなす瞬発力はお前のとりえでもあるが、悪く言えば勢い任せというか、いい加減なんだよな、想良は。父さんは心配だ。知らない町で、ひとりでちゃんとやっていけるのか？」

「大丈夫、大丈夫。なんとかなるよ」

世の中は、案外僕みたいないい加減な奴でも生きやすいように設計されていると思う。こんな僕でも、新しく暮らす下宿先は自分で探して自分で決めた。ちゃんと説明を聞いていない部分もあるけれど、あとは入居するだけのところまでこうして漕ぎつけたのだから問題ない……はずだ。

「それに完全にひとりなわけじゃないから。中学から一緒の友川《ともかわ》も、同じ学校なんだよ。

ちゃんと相談事ができる相手はいるから心配しないでよ」

「おお、友川くんが一緒なのか。それなら安心だな」

父さんが安堵する。

友川は、中学の頃に仲良くなった友人だ。何度かお互いの家で遊んだこともあるし、彼が失恋したときは放課後ずっと嘆きを聞いてやった間柄である。あのときは、苦痛で仕方なかった。

「お前のことだから他にもたくさん新しい友達作るだろうしな。想良は友達作りだけはうまいから。新しい場所でも上手にやっていくか」

「任せて。クラス全員と連絡先交換してやるよ」

のほほんと笑う父さんに向けて、そう豪語しておいた。

僕は小さい頃から、人見知りとは無縁だ。知らない人に話しかけることに、たいして抵抗がないのだ。宣言どおりクラス全員の連絡先を手に入れることも、たぶん実現できる。

山道を走ること数十分、ふいに、道の先に民家が見えた。そこからぽつりぽつりと建物が増えてくる。その景色を見て、わあ、と感嘆した。

薄紅色やオレンジの明るい色の石畳に、ころんとした佇まいの民家。町の至るところに花壇があり花が咲き匂い、建物に取り付けられた吊り下げ鉢にも緑が芽吹く。まるで童話の中の世界みたいだ。

「へえ、ここが花芽町？　意外とおしゃれ！」

こんな山奥だから、てっきりもっと前時代の集落みたいな町を想像していた。

とはいえ、あまり人影がない。まだ町の入り口だからかもしれないが、車窓から見る限り、二、三人ほどしか人を見ていない。僕は窓を開けて、少しだけ顔を出した。春の暖かな風が車内に舞い込んできて、僕の前髪を巻き上げる。絵本みたいな町並みが視界を流れていく。

「こんなかわいい町だったんだ。全然知らなかった。観光客とか来そうなのに、なんで有名じゃないんだろう」

「なに言ってんだ、想良。そりゃ、この町は……」

父さんがなにか言いかけたとき、外からふわっと、香ばしい匂いが漂ってきた。思わず大きく息を吸い込む。これは、焼きたてのパンの匂いだ。途端に、僕は自身の空きっ腹に手を当てた。時刻は昼過ぎ。朝ごはんからだいぶ時間が経っている。

「父さん、車停めて！」

そこにあったのは、レンガ造りの小さな店。ガラス窓の嵌った木の扉には、『OPEN』の文字が刻まれたウサギを象ったプレートが垂れている。屋根に掲げられた看板には、小麦のイラストと『プティラパン』の文字。

鼻腔を擽《くすぐ》るパンの香りに、お腹が鳴った。

「パン屋さんだ。ちょうどお腹空いてたんだよね。ちょっと見てきてもいい？」

「じゃあ父さんは駐車するとこ探してくるから、買っておいで」

「うん！」

　僕は車を降りて、石畳の道に足をつけた。焼きたてパンの匂いを放つその店に、小走りで駆け寄る。おもちゃみたいな木の扉を押し開けると、ドアベルがチリンと控えめな音を奏でた。

　店に入ると同時に、外まで漂っていた芳《かぐわ》しいパンの匂いが一気にふわっと僕を包み込んだ。小麦の豊かな匂いと食欲を誘うバターの匂い、それらが小さな店の中いっぱいに充満していて、立っているだけでうっとりする。

　焼きたてパンの匂いでいっぱいの店内は、黄色っぽい温かな照明のぽわぽわした光に照らされていた。真ん中にはパンが並んだステージがあり、トレーに乗ったカラフルな惣菜パンやバスケットに入った小さなドーナツが、所狭しと配置されている。壁際にはガラス戸の付いた三段の陳列棚があり、こちらもクロワッサンやクリームパン、野菜のサンドウィッチなんかが身を寄せ合う。奥の棚には、食パンやバゲットが堂々と鎮座していた。

　店の片隅、窓際には、クロスのかかったテーブルが二台と椅子が四脚置かれている。イートインスペースのようで、テーブルの真ん中にナフキンが添えられていた。

　カウンターには小さな冷蔵ショーケースが載っており、中に紙パックの飲み物や小さなデザートが入っていた。ショーケースの隣には瓶詰めのジャムが並んでいる。照明の光を反射して、星屑が詰まっているみたいにきらきらしていた。

　僕は扉の横にあったトレーを手に取り、引っかかっていたトングを持った。さっそく、店内のパンを見て回る。どれもおいしそうで迷ってしまう。

パンが陳列された什器《じゅうき》の隙間には、ウサギの人形や木の実の置物が飾られている。よく見ればトングの先がニンジンの形になっていた。この店の店主はウサギが好きなのかな。

そんなことを考えていたときだった。

「いらっしゃいませ！　ちょうどよかった、アップルデニッシュが焼きたてですよ」

店の奥から、女の子の挨拶が聞こえた。マシュマロのようにふんわりした、かわいらしい声だ。声の方を振り向くと、ふわっと広がる花柄のスカートの裾と白いエプロンが目に入った。胸には赤いチェックのネッカチーフ、手には黄色いミトン。そしてその顔を見て、僕は絶句した。

幼児ほどの背丈に、長い耳にふっくらした鼻先、つぶらな瞳。焼きたてのアップルデニッシュのトレーを持って立っていたのは、ウサギだったのだ。

「……えっ」

思わず目を疑う。どう見てもウサギだ。二本足で立っているけれど、顔は完全にウサギだ。目を擦ってもう一度見ても、やはりウサギだ。

「あら、お客さん、はじめましてですね」

ウサギの女の子がアップルデニッシュのトレーを置く。ネッカチーフに、ウサギカットのリンゴをモチーフにした小さなワッペンが見えた。

着ぐるみ？　とも思ったが、話すと口が動くし、豊かに笑ったりする。この子は、まさか。ウサギが首を傾げた。

「ん？　私の顔になにかついてる？」

「なにかついてるというか……顔そのものが……」

ウサギはきょとん顔で黄色いミトンをはずしている。中から白い手が露わになった。先っぽだけ茶色い耳がぴくぴく動いて、真っ黒な丸い目がぱちぱちまばたきをする。そのぬいぐるみのような愛くるしい姿に、釘付けになる。

「もしかして……君、〝獣民《じゅうみん》〟？」

「はい！」

ウサギの女の子は、にっこりと笑った。その笑顔があまりにも愛くるしくて、僕は慌ててトレーを元の場所に戻す。

「ほ、本物初めて見た！　うわわわ」

トレーとトングを戻すなり、僕はしゃがんで、ウサギの手を両手でぎゅっと掴んだ。

「すっ……ごくかわいい！」

「え!?」

今度は彼女の方が絶句した。僕はウサギの手を両手で掴み、そのふわふわな毛を堪能する。

「ふわっふわだ……天使みたい」

世界には、いろんな人がいる。人種や体質、個性はいろいろある。〝獣民〟も、その一種だ。人間として生まれながら、見た目や体質がヒト以外の動物に似ている、特殊な体を持った人。祖先がサルではない、別の動物から人間に独自に進化した希少な人種だ。全人類の一パーセントにも満たないが、世界中に存在し、日本にもごく僅かながら存在する。それが獣民だ。

「学校の授業で、そういう人たちがいるってことは聞いたけどさ。実生活で見たことなんてまったくなかった。こんなところで、しかもウサギの獣民に会えるなんて……！」

往年のウサギ好きの僕には、目の前に人語を話す大きなウサギがいるというのが不思議以上に感激だった。絹のような手触りの毛が指を優しく包み、ほのかな体温がじんわり伝わってくる。ずっとこの手を触っていたい。

ウサギの方は数秒、凍り付いていた。やがて仰け反って、僕の手から逃れようとする。

「な……なに？　からかってるの!?」

「からかってないよ！　すっごくかわいい。抱きしめていい？」

「初対面でそんな！　なんなんですか……！」

「じゃあお耳をもふもふさせて！」

興奮して捲くし立てる僕に、ウサギのびっくり顔は徐々に呆れ顔になっていった。耳を後ろ向きに反らせて、僕をじと目で見上げる。

「……離して」

「あれ？　なんか怒ってる？」

僕がおずおずと尋ねたときだった。店の扉が開き、くたびれた顔の父さんが入ってくる。

「いやあ、お店の裏の路肩に車停めようとしたら、急に脱輪して焦ったよ。まさかあんなところに穴が掘ってあるなんて」

ウサギが僕にため息をついたのも、それと同時だった。

「たしかに私はウサギだけれど、ウサギの獣民と本物のウサギを一緒にするのはどうかと思う」

おかんむりのウサギと戸惑う僕を見て、父さんが顔色を変えた。

「ごめんね、お嬢さん！　うちのバカ息子がなにか失礼なことを!?」

父さんが僕の両腕を後ろから掴み、ウサギの手から無理やり引き剥がす。

「まったく、なにしてるんだ！　そんな軽い男に育てた覚えはないぞ」

「え？　でもこの子、ウサギ……」

父さんを見てから、もう一度ウサギの女の子を振り向く。彼女は耳をやや前に倒して、複雑そうな表情で口を結んでいた。

短い沈黙が流れる。ふいに、鼻にほわっとアップルデニッシュの香りが届いてきた。焼きたてのパイの香ばしい匂いと、焼けたリンゴの芳醇な甘い香りだ。

「とりあえず、アップルデニッシュください」

「はい……」

ウサギの女の子は、呆れ顔で声をしぼませた。

＊　＊　＊

「〝獣民〟のこと、まさか知らなかったわけじゃないだろ？」

車を走らせるなり、父さんが低い声を出した。

「存在は知ってたけど、本物を見たのは初めてで……」

僕は助手席で、パン工房の紙袋を抱えてうなだれた。

「しかもウサギだったから、つい調子に乗りました」

車窓の外に顔を向けていると、僕と同じヒトの姿の人、いわゆる〝ノーマル〟に混じって、二足歩行の獣が歩いているのを見かけた。チワワの顔をしたこれまた幼児ほどの背丈の人が走っていたかと思うと、ぬっと大きな体をしたクマが花に水をやっている。カンガルーの母親が、お腹のポケットにノーマルな人間の子供を入れているのにも出くわした。

「獣民は外見こそ動物だけど、思考も社会性もノーマルな人間同様だ。お前、初対面の女性にいきなり手を握って迫ったりするか？」

「うう……だって、ウサギだったから……」

僕には獣民についての知識がない。パン工房のウサギちゃんを見るまで、存在を忘れていたほどだ。窓の外には、ウサギ以外にも獣民がいる。なんだかどう見ても人間でない外見の人たちが人間と同じように生活していて、いちいちびっくりしてしまう。

「この町、獣民多いな」

獣民の存在を思い出させられてから、やけに獣民を見る気がする。今まで住んでいた町ではひとりも見なかったのに、ここではノーマルな人と半々くらいの割合で、獣民が闊《かっ》歩《ぽ》しているのだ。

　父さんが呆れ顔をした。

「下宿の契約をするとき、説明があったはずだぞ。ここ花芽町は、日本有数の〝獣民保護地区〟に指定されてる町だ」

「そうなの⁉　全然聞いてなかった」

「はあ、なんでそんなにいい加減なんだ！　父さんはお前が心配だよ！」

　父さんはがっくりと首を傾けた。

「獣民は基本的にはノーマルな人間と同じだけれど、体格や体質が動物に近い部分もある。一般的な生活になじむのが難しいんだ。たとえば、手の形が違うからペンを持つだけでもひと苦労するだろ？　仕事はもちろん、ちょっとした生活の場面で俺たちとは違いがある。だからこうして、政府が獣民が暮らしやすい町を特別に設けてるんだよ」

「そっか、僕たちの〝当たり前〟が獣民にとっては当たり前じゃないんだ」

「獣民の〝当たり前〟が僕たちにとって当たり前じゃないこともあるしな。さっき車が脱輪して困ってたら、力持ちなゴリラの獣民が車輪をひょいっと持ち上げて助けてくれた」

　そうか、動物ならではの能力を持った人が一般社会に溶け込んでいたら、脅威になりかねない。

それにしても、まさか自分の暮らす町がその獣民保護地区だったとは。そんな〝当たり前〟が違う人たちと共存して暮らしていくだなんて、ちょっと覚悟していなかった。いや、本当はちゃんと説明されていたはずだが、僕が聞き流していたのだ。

悶々とする僕の横で、父さんはマイペースに話した。

「獣民は見た目や体質が人間離れしてるから、偏見を持つ人も多い。ペット扱いや家畜扱い、害獣扱い……獣民本人たちは人間の社会性があるから、そういうわゆる獣扱いを嫌がるんだよ」

父さんの言葉で、僕はウサギのパン屋さんに対する自分の言動を振り返った。見知らぬ他人の僕からいきなり「かわいい」なんて言われて、ウサギの獣民の女の子は戸惑ったに違いない。

「そんな……僕は純粋にあの子をかわいいと思ったんだけど、嫌われちゃったかな……」

獣民には詳しくないが、あの子はウサギの獣民だから、ウサギが好きな僕にとってはやはり特別だった。腕力のある動物や牙のある動物に由来している獣民ではないから、怖い印象もない。

せっかく出会ったのだから、仲良くなりたかった。落ち込む僕を横目に、父さんが穏やかに宥めた。

「まあ、獣民の方も自分たちが少数で、理解が広まってないことを自覚してるから。ちゃんと謝れば、きっと許してくれるよ」

「そうだよね。よし、次に会うときは挽回しよう」

絶対仲良くなりたい。なにしろ、手を握ったときのあの手触りが忘れられない。

僕は手にしていたパン工房の紙袋を開けた。中からほかほかと、甘い香りが漂ってくる。買ってきたばかりの、焼きたてのアップルデニッシュだ。

手のひらに収まるほどの小ぶりなデニッシュは、網目の生地の中から黄色い煮リンゴのフィリングがきらきらと覗いている。

ひと口頬張ると、生地の表面がパリッと崩れ、口の中にたっぷりのリンゴが流れ込んできた。舌の上でゴロゴロした食感のリンゴがパイ生地と混ざり合い、リンゴの下に塗られていたカスタードがとろけだす。デニッシュ生地にはリンゴの煮汁が染み込んでいる。甘すぎない絶妙な味わいに、頬が綻《ほころ》んだ。

「うわ、これすんごく好きかも」

「ほう。さっきのウサギのお嬢さんが焼いたのかな。パンがおいしくてお店にウサギがいるなら、お前、常連になっちゃうな」

父さんがくすっと笑う。僕はもうひと口アップルデニッシュを齧り、味わいながら飲み込んだ。

「通《かよ》っちゃうな。あんなかわいいウサギちゃんだもん、友達になっていっぱい撫でさせてもらおう」

「お嬢さんを困らせるなよ？」

父さんからげんこつが飛んできた。

＊　＊　＊

宿屋『ほおぶくろ』は、花芽町の東の端っこに位置する。旅行客の受け入れ以外にも、学生の下宿先としても部屋を貸してくれる。その情報を聞いただけで、僕はすぐさまここに電話して、そしてすぐさま居候が決まった。

父さんの車が、その宿の前で停まる。赤茶色の壁をした、二階建ての古風な洋館である。車を降りた僕は、白い木の扉に向かった。荷物を降ろしはじめる前に、まずは宿の主人に挨拶をしようと思う。扉を開けようとしたら、突然どこからか声がした。

「お、君が今日からここで暮らす想良くんかね」

まったりとした、テンポの遅い話しかただ。少ししわがれたおじいちゃんの声である。電話で聞いた声と同じだ。

「こんにちは、初めまして」

ひとまず挨拶を返してみたが、どこから声がしているのかわからない。きょろきょろと周囲を見渡したものの、背後に車から降りてくる父さんが見えるだけ。

「想良くん、ここだよ」

もう一度声をかけられて、ようやく気づいた。声の主は、真下。僕の足元にいたのだ。

「こんにちは。『ほおぶくろ』の主人、公星セイジと申します」

ぴょこんと丸い耳が飛び出す灰褐色《はいかっしょく》の頭に、ひと筋の黒い模様。桃色の鼻先に、ちょんと乗った丸眼鏡。体の大きさは中型犬ほどしかない。茶色いチェック柄のニットを着たその人は、なんとハムスターだった。

よく見たら、この宿の扉にはペットドアのように下の方にひと回り小さい扉がついている。ドアレバーがふたつあり、片方は僕の握りやすい高さに、もうひとつは膝くらいの高さ、下の方の小さい扉についていた。

「うわあ！　ハム……じゃなくて、今日からよろしくお願いします」

ハムスターだ、小さい！　と言いそうになって、直前で呑み込む。車から降りた父さんが近づいてきた。

「なに驚いてるんだ。言わなかったか？　公星さんはジャンガリアンハムスターの獣民だぞ」

「聞いてない……と、思う」

自分の親戚だというから、普通の人間だと思っていた。なんで僕も僕の家族もノーマルなのに、親戚にハムスターがいるのだろう。ハムスターの公星さんは、ほほほとおかしそうに笑った。

「小さいじいちゃんでびっくりしたかのう。かわいいだろう」

「はい……ちょっと驚きました」

「町の外から来る人は、皆一様に驚く。それが楽しくてな」

獣民は、獣であることに触れてほしくない、というわけではないらしい。むしろ公星さんの様子は、自分がハムスターなのを楽しんでいるように見える。

「公星さん、ご無沙汰してます」

父さんが公星さんに丁寧に挨拶していた。

「突然のことで申し訳ございません」

「いやいや、とんでもない！　うちみたいな寂《さび》れた宿屋に、こんな明るい少年が来てくれたんだ。大歓迎だよ。いやあ、生活に張りが生まれるねえ」

父さんはハムスターの公星さんと自然に談笑している。公星さんは僕の方にも丸い顔を向けた。

「想良くん、二階にあるひと部屋は君のものだ。自分の家だと思って自由に使ってくれ」

「は、はい。ありがとうございます」

僕も父さんのように自然体でいられたらよかったのだけれど、相手がハムスターだとどうしても会話が頭に入ってこない。頭の中にある普段使わない歯車を無理に動かしているみたいな、変な疲労感があるのだ。

僕と父さんで車から荷降ろしをした。宿屋のエントランスに荷物を運び入れると、父さんは僕と公星さんに会釈した。

「では、公星さん。息子をよろしくお願いします。想良、公星さんや町の人に失礼のないようにな！」

「うん、大丈夫、大丈夫」

手をひらひらさせる僕を、父さんはやはり心配そうに一瞥してから車に乗り込んだ。父さんの車が走り去っていく。いよいよ、僕はこの地にひとりになった気がした。ハムスターのおじいちゃんとふたり。いったいどんな会話をしたらいいのやら。

公星さんが小さな体を捻《ひね》って僕を見上げた。

「さて、想良くん。少し町を散策してきたらどうかね」

「あ、はい。そうします！」

そうだ、まずは獣民という存在に慣れよう。町を散歩していろんな獣民を見れば、少しは目が慣れるかもしれない。

僕はリュックサックに携帯と財布だけ持って、町へ繰り出した。

＊　＊　＊

しかし、散策すればするほど、慣れるどころか疲れが増した。

石畳の町に、花の香りの風が吹く。暖かな日差しが柔らかく差し込み、どこからか舞ってきた花びらが風に踊っている。絵本のような町並みに、擬人化された動物みたいなメルヘンチックな人たちがいる。しかしメルヘンチックといっても、かわいらしい動物ばかりではない。獰猛《どうもう》そうな猛獣もいるので、すれ違うたびにびくっとしてしまう。異国情緒のある町に、見慣れない容姿の人たちが暮らす。ここは本当に現代日本なのか。

町を散策していて漠然と見えてきたのは、怖そうな猛獣でも他人を襲ったりはしないということだ。見た目でなんとなく、弱い生き物を捕食しそうなイメージがあったのだが、そういうシーンは今のところ見かけていない。

そういえば父さんが、「獣民本人たちは人間の社会性がある」と話していた。獰猛そうな獣に見えても、彼らは人間と同じ規律の中で生きている。他人を食べてはいけないという普遍的なルールを、きちんと遵守しているのだ。そうだ、まさか日常的にサバンナじみた弱肉強食の狩りが繰り広げられているはずがない。

「そうだよな。獣に近いというだけで、人間と同じなんだもんな」

そう呟いた矢先だった。

「待て待てー、食べちゃうぞ」

「わああ！　助けて！」

悲鳴が聞こえてきて、僕はぎょっと振り向いた。まさか肉食獣の獣民が弱い獣民を襲っているのか。

声の方向には、幼児ほどの身長の子供がふたり、追いかけっこをしていた。片方は白い巻き毛のヒツジの少年で、もう片方はぶち模様のハイエナの少女である。ヒツジがハイエナに追いかけられている。

「狩り？」

僕はつい、ひとりごとを漏らした。いやでも、と思い直す。ハイエナは狩りをする印象がない。ライオンなんかが捕った獲物を横取りするイメージだ。しかしヒツジを追う姿は、獲物を追う肉食獣そのものである。とはいえ周囲を見ても、誰も動揺していない。

ついにハイエナ少女が、ヒツジ少年の背中に抱きついた。

「捕まえた！」

「ひゃー！　許して！」

ハイエナがキャッキャと笑って、すぐにヒツジを解放した。狩りではなく、子供同士の追いかけっこだったのだろうか。見た目が見た目だから、傍目には必要以上にスリリングに見える。

周りを見ているだけで、変に神経を使う。自分で選んでここへ来たわけだが、僕はこのへんてこな町になじめるのだろうか。

宿屋からの道を一直線に歩き続けて十五分程度、ほのかにパンの匂いが漂ってきた。少し先に、先程のレンガ造りの店が見える。パン工房『プティラパン』だ。

ちょっと、気持ちが引き締まる。あのウサギの女の子に、もう一度会いたい。パンももっと食べたい。

僕は木の扉を、再び押し開けた。チリンというドアベルの音と同時に、カウンターにいたウサギが顔を上げる。

「いらっしゃ……あ」

目が合った瞬間、ウサギの表情が固まった。僕は先手で、ぱっと頭を下げる。

「さっきは失礼しました！　君があまりにもかわいくって！」

「ちょっともう、やめてってば！」

ウサギの女の子は小さい手で顔を覆って、裏返った声で返してきた。

「かわいいって言われると照れちゃうから」

「かわいい……」

柔らかな声に安堵する。彼女は顔を覆った手を、少しずらして目を覗かせた。

「また来てくれたのね」

「うん！　さっきのアップルデニッシュ、すっごくおいしかった。あんなにおいしいの初めて食べたよ」

「あら嬉しい。ありがとう」

ウサギはカウンターに手をついて、こちらに向かって前のめりになった。

「私、ココ。宇佐城《うさぎ》ココっていうの」

「ココちゃんかあ」

かわいらしい、彼女によく似合う名前だ。僕はカウンターに歩み寄った。

「僕は想良。今日、この町に引っ越してきた」

「そうだったのね。どうりで見ない顔だと思った」

よかった、嫌われたと思ったけれど、ココは僕と話をしてくれた。

焼きたてのパンの匂いと、店内の柔らかな光に包まれて、ふわふわの丸い顔のウサギがいかにもな甘い声で話す。そんな絵本のような光景の中に自分が立っているというのは、なんだか不思議な感じだ。

ココがかまってくれるのが嬉しくて、ついつい喋りすぎる。

「僕さ、小四の頃からウサギが大好きで。初めてココを見たとき、めちゃくちゃかわいいなって感動した。ふわふわしてて目がくりくりしてて、なんでそんなにかわいいの？」

「……やっぱり、ウサギが好きなだけなのね」

ココは複雑そうにむくれて、それからカウンターに頬杖をついた。

「うん、でもわかる。ウサギってかわいいわよね」

「へえ、ウサギの獣民でもそういう感覚あるの？」

「あるよ。獣民がペットを飼うことだってあるくらい。そして祖先である本物の動物の魅力には、勝てないなって思っちゃうのよ」

ココは自嘲気味に笑って、長い耳を僅かに垂らした。

「私もウサギは好きだし、ウサギの体に生まれたこと自体はよかったと思ってる。獣民ってちょっと不便だけど、この町ならそんなに苦労しないで暮らせるもの」

「すごいよね、この町は獣民がいっぱいいてびっくりした」

僕はトレーとトングを手に取った。黄色い照明を受けたパンが、表面をつやつやと輝かせている。あちこちからいい匂いが立ち込めてきて、空腹が増していく。

「このお店、ココがひとりで切り盛りしてるの？」

店内を歩いてパンを選びつつ、ココに話しかける。ココは退屈そうに、カウンターから僕を眺めていた。

「そうよ。海外に獣民向けの調理の専門学校があってね。そこを卒業して、ちょっと修業してからお店を開いたの」

「ココってちっちゃいけど、僕より歳上なんだ」

これから高校入学の僕よりも、大人なんだなと噛み締める。身長が小さいのも、ウサギ型の獣民ゆえの体格なのだろうか。パンを選ぶ僕の背中に、ココが声を投げてくる。

「想良くんの学校には、獣民のクラスメイトはいなかったのね」

「うん。見たことなかった」

「そっか。獣民も、義務教育はノーマルと一緒で地域の学校に通うことになってるの。でもこうやって一部の町に集結してるから、それ以外の学区にはあんまりいないものね」

珍しがるのも無理もないか、と、ココは苦笑した。

「想良くんは、中学生か高校生くらいかな？」

「高校生だよ。っていっても、今年入学なんだけどね」

「あら、おめでとう」

改めて祝われると、ちょっと照れくさい。僕はおいしそうなパンを目でなぞり、なにげなく話した。

「高校進学を機に、親元を離れてみようかなーって思って引っ越してきたら、たまたま獣民の町だったんだ。びっくりしたよ」

「あら、まだ高校生なのにひとりで？　しっかりしてるのね」

　ココが感心した声を出すので、僕はへらへらと否定した。

「その逆。あまりにも人に甘えて生きてきた。僕はなにをするにもテキトーで、困ったら家族や知り合いに助けを求めて迷惑かけてきたんだ。このままじゃまずいから、知ってる人が誰もいないところに来て、自立しようとしてるんだよ」

「わあ。なんか心配になってきた。そういえばさっきも、お父さんが慌ててフォローしてたわね」

　感心していた声は、一気に不安げな色に変わった。

「大丈夫？　この町、ただでさえ想良くんになじみのない獣民ばっかりよ？」

「本当、どうしたもんかと思ってるよ。といっても、住む場所は遠い親戚の宿屋だし、学校には知ってる友達がいる。家族とも電話くらいはできるし。頼れる人はいるんだ。って、こういうのが甘えなんだけどね」

　遠くへ来て変わろうと思ったけれど、すぐに助けてくれそうな人を連想してしまう。ちゃんと成長できるのか、自分でも心配だ。

　僕はひととおりパンの前を一周して、ココに尋ねる。

「ココのお勧めのパンはどれ？」

　すると、ココは押し黙った。変な質問をしただろうかとココの方を窺うと、彼女はかなり真剣な面持ちで首を捻っていた。

「……ヒトって、なにを食べるの？」

「え……なにその疑問」

　予想だにしていなかった問いが飛んできて、僕も固まった。ココは神妙な顔で、引き続き悩んでいる。

「ごめんなさい、私のお店って、こんな町外れにあるから常連さんしか来なくって。それも獣民の知り合いばかりだから、想良くんみたいなノーマルの人がどんな食べ物を好むのか、詳しくわからないの」

「もしかして獣民って、食べる物は動物の体質寄りになるの？」

「ええと、一応人間だから、完全に動物と同じなわけじゃないんだけど、ちょっと嗜好が似るって感じかな」

　ココが考えながら話す。

「祖先の動物だったら食べたら死んじゃうようなものでも、獣民なら〝苦手〟くらいなの。好みが動物寄りだから、私のお勧めはリンゴを使ったパンか、チモシーっていう牧草を混ぜたパンよ」

　ココの言葉に、改めて驚かされた。たしかに、ココが焼肉やハンバーグを食べているところは想像できない。けれどなんだか、獣民というものは食生活ひとつとっても大変そうだ。ココは耳をぴくぴく揺らし、考えながら話した。

「好き嫌いで済むのならまだいいんだけど、人によっては祖先並みに体に害が出てしまうこともあるの。たとえば、私ならチョコレートとか。ヒトはチョコを食べられるけれど、他の生き物にとっては毒になることが多い。私のお店は獣民のお客さんが多いから、チョコのパンは怖がられてて、人気がないの」

そう言われてみれば、並んでいるパンの中でも、定番のはずのチョココロネやチョコのドーナツは隅っこに少ししかない。カレーパンなんかの刺激物もあまりないし、惣菜パンはよく見たら牧草やナッツのパンばかりだ。いわゆる普通のパンもあるけれど、どちらかというと獣民向けと思しきパンのほうがメインになっている。

「そうなんだ。ヒトは雑食だよ、大体なんでも食べる。あ、でも牧草はどうかな……食べられないことはないと思うけど……」

話しながら、僕はハッと思い出した。

「ウサギってパン食べちゃだめなんじゃなかった？　これは〝苦手〟にならないの？」

ウサギの飼育係をしていたとき、本で知ったことだ。余った給食のパンをウサギに与えてもいいのか調べたら、炭水化物はウサギにとっては病気の原因になってしまうと学んだのだ。

しかしココは、頷きつつも否定した。

「そうね、ウサギを含め、人間の食べ物は基本、他の生き物に与えちゃだめね。獣民にも、動物的特性が強い人の中には、パンを食べられない人がいる。でもこのお店のパン生地は、獣民保護地区に支給されてる特殊な小麦を使ってるから、誰でも食べられるのよ」

「そういえば、小麦のアレルギーがある人でも食べられる米粉のパンとか、あるよね。そういうのに近いのかな」

僕が言うと、ココはぽんと手を叩いた。

「そうね！　それに近いと思う。体のつくりや体質が違っても、好き嫌いがある人も、アレルギーがある人も、食事を楽しめることが重要だと思うの。一緒においしいものを食べて、『おいしいね』って言えたら素敵よね」

手を叩く仕草も、腕が短いため突き合わせるのがやっとだ。その動きがかわいくて、またニヤッとしてしまう。

「やっぱりかわいいなあ……。その小さな手をふにふにさせてほしい」

「ちょっと！　またそういうこと言う。からかわないで」

怒って耳を横に反らせる仕草も、また愛らしい。

「ごめんごめん、僕は純粋にココと仲良くなりたいんだよ。仲良くなってもふもふさせてほしいんだよ」

「だからあ、からかわないでってて！」

と、そこへ、チリリンとドアベルが鳴った。

「ココー！　ドングリブールある⁉」

店に駆け込んできたのは、くるんと巻いた茶色い大きな尻尾の、リスの獣民だった。体はココより小さいが、宿屋の公星さんよりはやや大きい。獣民は年齢がわかりにくいのだが、声の調子からして、このリスはなんとなく僕より幼く見える。

「あらマルくん。いらっしゃい。ごめんね、今日はドングリは売り切れちゃった」

ココが微笑みかけると、マルと呼ばれたリスは白い前歯を剝き出しにして怒った。

「えー！　タイミング悪い！　ってことは、今日売り切れたぶんのドングリブールは〝当たり〟だったんだ。食べ損ねた！」

マルがカウンターに駆け寄って捲くし立てる。

「聞いてよココ。姉ちゃんが、俺が木登りで落ちたのを見て『リスのくせに』って笑ったんだよ。リスだって落ちることとくらいあるよ！」

「あらら……紗枝《さえ》ちゃんったら」

いじけるリスと苦笑するココを窺い見て、僕はそっとココに尋ねた。

「どうしたの？」

「この子はマルくん。リスの獣民で、紗枝ちゃんっていうお姉ちゃんがいるの」

ココがマルを手で示す。

「紗枝ちゃんは想良くんと同じ、獣民じゃないノーマルの体を持ってて、マルくんはシマリス」

「姉弟なのに、そんなことあるんだ！　リスの獣民は、両親もきょうだいも皆リスなんじゃないの？」

僕はぎょっと驚いて、裏返った声を出した。シマリスのマルは、不服そうな顔を僕に向ける。

「知らないの？　獣民の因子って、持ってる人はいても体に出てない人がほとんどなんだよ。それがたまたま陽性だった人たちが、獣民」

「私の両親も、見た目は両方ノーマルよ。お母さんかお父さんのどちらかに、ウサギの因子があるんだけど、表面化してないの」

ココが付け足す。

「自分が〝隠れ獣民〟だって知らずにノーマルとして生きてきたんだって。私が生まれて初めて、どちらかが獣民の因子を持ってたって知ったみたい。想良くんも、自分で知らないだけで、実は因子を持ってるかもしれないわよ」

そんなことまったく知らなかった。僕はびっくり顔のまま、ハッとした。

「そういえば、僕の遠い親戚にハムスターがいた……！」

ココが苦笑する。

「獣の姿に生まれるのは、〇・〇一パーセントにも満たないと言われてるわ。私やマルくんは、そのごく僅かな確率にたまたま当たっちゃって、獣の姿で生まれたのよ」

そうか、ほとんどの場合表面化しない獣民の因子が、偶然現れた人たち……それが獣民なのだ。

「それじゃ、ココやマルってすっごく運がいいんだね」

僕が言うと、ココとマルは同時に目を剥いた。

「え!?　むしろすっごく運が悪いんじゃないかしら」

「そうだよ。パパやママや姉ちゃんみたいに、普通の体に生まれていれば、こんなに不便な思いせずに済んだのに」

「不便なこともあるだろうけど、その低確率に当たるのってものすごい強運だよ！　しかもすっごくかわいいし、獣民だからこそ得意なことだってあるんじゃない？」

僕はふたりが羨ましくて、勢いづいて捲くし立てた。ココとマルはしばらくぽかんとしていたが、やがてココがくすくすと笑いだす。

「そうね、そう考えたらそうかもね」

マルは相変わらず呆然として、半開きの口から前歯を覗かせていた。

「そんなこと言われたの初めてで、驚いちゃった……。俺たち、生きづらい体で生まれたことを同情されるか、バカにされるかが常だから」

「ね。でも想良くんの言うとおり、せっかく珍しい体に生まれたんだから、もっと誇ってもいいのかもしれないわ」

ココはにこにこ笑い、それから話を戻した。

「でね、マルくんと紗枝ちゃんは小さい頃は仲良く遊んでたんだけど、いつからか喧嘩ばっかりするようになっちゃったの。体質の違いのせいでか、なにかと価値観の違いが生まれて、些細なことでも喧嘩しちゃうみたいね」

「別に一緒の価値観なんかいらないよ。姉ちゃんはリスの俺のことを全然わかってないし、俺も姉ちゃんがなに考えてるのか全然わかんない。あいつとわかり合うのはもう無理なんだよ。それよりココ、ドングリブールを焼いて！」

マルがカウンターに飛び乗りそうな勢いでココに催促する。ココが困り顔で僕に笑いかけた。

「マルくんは紗枝ちゃんと喧嘩をすると、必ずドングリブールを買いに来るの。大好物を食べることで、気持ちを切り替えてるんだって」

「わかる。イライラしちゃうときって大体お腹が空いてるときだよね。おいしいものを食べると、いつの間にか怒りが収まってる」

僕はこくこく頷いた。感情と向き合うとき、空腹は敵だ。マルが大きな尻尾をひゅっと揺らして言う。

「そうなんだよ！　俺の機嫌はココのドングリブールにかかってる」

捲くし立てるマルを前に、ココは若干《じゃっかん》体を仰け反らせた。

「わ、わかったわかった。もうすぐ夕方の分が焼けるから、あとでまた来て。それかマルくんがドングリブールの次に好きな、果実ブレッドだったらあるわよ？」

「うーん。そうだな、果実ブレッドもいいけど。射幸心に従ってドングリブールを待つよ。

俺はココのパンで気持ちを切り替えるんだからね。よろしくね」

マルはそう言うと、店の扉までのしのし歩き、出て行く前に振り向いた。

「今度はおいしく作ってよ？」

「頑張る」

ココが戸惑いがちに言うと、マルは今度こそ店を出て行った。

彼を見送ると、ココは疲れた顔をしてくたっと耳を前に垂らした。

「はあ……困ったな」

「大変だねえ。ココ」

僕は店内のパンを選びつつ、苦笑した。こんな子供っぽい喧嘩に律儀に巻き込まれて災難だと思う。ココがより深くため息をつく。

「マルくんには言ってないけど、実は姉の紗枝ちゃんも、同じことをするの。怒りを解消するスイッチに、チョコクロネを買いに来るの」

「似た者姉弟だね」

僕はふらりと店の中を回りはじめた。遅い昼食のパンを、どれにするか選ぶ。やはり獣民用の変わり種のパンが多いが、クロワッサンやプレーンなベーグルなんかは花芽町以外の町で見るパンとあまり変わらない。

「さっきのマルの、『今度はおいしく作って』って、どういうことなの？」

その前にも、「今日売り切れたぶんのドングリブールは〝当たり〟だった」なんてことも言っていた。

ココはアンニュイな面持ちで、カウンターの一点を見つめていた。

「それが悩みなの……。私のドングリブール、作るたびに味が変わっちゃうの」

「あ、それで当たりはずれがあると」

マルが「射幸心」と言っていたのも、おいしいかどうかが運次第だからだったのだ。

「でもどうして、味が均等にならないの？」

「私はウサギの獣民だから、体質的にドングリを食べるのが怖いのよ。だから味見ができなくて、そもそもの味も知らないの」

ココが青息吐息で語った。

「紗枝ちゃんから頼まれる、チョコレートのコロネも同様。自分で味を確かめられないから、上手にできた日と味のバランスが違う日があるの」

そういえば、ドングリもチョコレートも、ウサギには毒だと聞いたことがある。

「じゃあ、ドングリブールとチョココロネは味見しないで作ったの？」

「そうなの。もちろん新作を出すときは、食材に適応してる人に協力してもらって味を確かめてから販売するわ。でも自分じゃ食べてないことも多いし、それに毎日試食をお願いしているわけでもない。だから私自身も、あの子たちが食べてくれるパンが、おいしく焼けてるかわからないのよ」

「そっかあ。ウサギさんは大変だな」

獣民はややこしい縛りがあって大変そうだ。なんだか、僕には別世界の話みたいだ。

トングを持って店の中を迷い歩く。クロワッサンとベーグルにしようかと考えたが、レジ横のジャムも気になる。バゲットを買って、ジャムを塗って食べようかな。

「ドングリのパンか。そういえば、ドングリってアク抜きすればノーマルの人間でも食べられるらしいね」

徐《おもむろ》に呟いたら、ココが意外そうに顔を上げた。

「じゃあ、想良くんはドングリもチョコレートも、どっちも食べられるのね」

「食べられるよ。ドングリクッキーとかおいしいらしいね。チョコの方がおいしそうだけど、ドングリの味も気になるな」

人間がドングリを食べられるというのは、以前テレビで得た情報だ。縄文時代には当たり前の食糧だったとか。

「でもウサギはドングリだめなんだね。アク抜きしてもだめなのかな」

悩み抜いて、クロワッサンとベーグルに決める。トングをパンに伸ばそうとして、僕はその手を止めた。

「あ、そうだ。僕、味見しようか？」

ふと思い立って、言ってみた。

「僕だったら、ココが味見できないドングリのパンもチョコレートのパンも試食できるよ。僕の体質なら大体の食材に適応してる。ココに確かめられないパンが、おいしく焼けてるかチェックできる。僕はココのパン食べ放題。最高！　なんてね」

半分以上冗談のつもりでそう提案して、ぱっとココの方を振り向いた。目に入ったココは、ハトが豆鉄砲を食らったような顔で耳の先を天井に向けていた。

「そっか……想良くんは、私が知らない味をいっぱい知ってるんだ」

すでにまっすぐになっていたココの耳が、さらに反り返りそうなほどぴんと立ち、つぶらな瞳がきらきらと輝いた。

「ねえ、想良くん。お昼ごはん、まだ食べてないのよね？」

「え、まさか本当に？」

僕は、トングを持って、しばし固まった。

そのときだ。カウンターの向こうの厨房から、パンの焼き上がりを知らせるオーブンの音がした。パンの香りに満ちた店内が、いっそう香り高くなった気がする。

ココがにこっと目を細めた。

「ちょうど夕方の分のドングリブールが焼けた！」

そう言うなり、ココはカウンターの奥の厨房へと姿を消し、しばらくするとカウンターに戻ってきた。手には盆を持っており、その上には楊枝《ようじ》が刺さったパンの欠片がふたつ、載っていた。

片方は、淡いミルクティー色のパンの断片。表面に砕いたナッツのようなものが浮かんでいる。もう片方は、チョコレートのクリームがついたパンの欠片《かけら》だ。トレーから焼きたてのこんがりした匂いの湯気を立てて、僕の鼻腔を刺激してくる。空腹の僕には我慢ならないくらい、食欲を煽ってくる匂いだ。

ココがその盆を差し出してきた。

「ドングリプールとチョココロネ。ドングリプールは今焼けたもので、コロネは保存してあったチョコクリームをコロネのパンにつけたものよ。よかったら食べてみて」

「やった！　言ってみるもんだな。いただきます」

「焼きたてだから、やけどしないように気をつけてね」

まさか本当に、試食させてもらえるとは。さっそく、ドングリプールの楊枝を手に取った。ドングリを食べるのは、生まれて初めてだ。公園で見かける、あのころんとしたかわいらしい木の実は、どんな味がするのだろう。

はふはふと息を吹きかけて冷まし、そっと口に運ぶ。熱い湯気が小麦の匂いを帯び、期待に胸が高まっていく。

口に含んだ瞬間、脳天に雷が落ちた。ゴリッと硬い食感と同時に、口じゅうにガツンと渋みが広がる。

パン生地はほどよく歯ごたえがあり、かつもっちりしていておいしいのだが、ドングリの方は頭の中にあったような、ナッツの砕ける香ばしい味わいとは違う。独特のえぐみがあって、舌がぴりっとした。

無意識に顔に出ていたのだろう、ココの顔色が変わった。

「おいしくない……!?」

「かなり……渋いかな」

素直に言うと、ココは長い耳をぺたんこに下げて肩を竦めた。

「また失敗した！　五回に一回はおいしくできるのに、なんでだろう」

「結構成功率低いな！」

舌が痙攣《けいれん》しそうだ。今度はチョココロネを手に取る。チョココロネは、大体味の相場が決まっている。僕は生まれてこのかた、まずいチョココロネに出合ったことがない。

しかしココ作のコロネを口に入れた瞬間、僕の中にあったその絶対神話が覆った。

チョコレートが、やけに水っぽい。こちらもパン生地は問題なく、むしろ舌触りがよくておいしいのだが、それを台無しにしてしまうほどチョコレートクリームがべたっとしているのだ。

僕の険しい顔を見て、ココがさらに耳を弱々しく下に向ける。

「こっちもおいしくない？」

「主役のチョコレートが、あんまり……」

「六回に一回はおいしくできるのに……」

ココが悲しそうにうなだれる。

「どうしよう。これじゃマルくんにも紗枝ちゃんにも申し訳ないわ。ふたりとも私のパンを楽しみにしてくれてるのに」

「ごめん、おいしくないなんて言って……。パン生地はすごくおいしいよ」

「ううん、上手に作れない私が悪いの。うーん、どうしよっかな」

静かな店内に、なんとも言えない気まずい空気が流れた。ココは虚《むな》しそうに目を伏せている。僕もこれ以上フォローのしようがなくて、虚空を仰いだ。

「ココはどうして、自分に味見できないパンを作ろうと思ったの？」

問いかけると、ココがちらりと目を上げた。

「できないことはすべきじゃない、ってこと？」

「そうは言わないけど……無理しなくても、自分がおいしいと感じるものの範囲でパン作りをすればいいんじゃないかな。大変な思いをするのはココなんだし、仕事に妥協はつき物なんじゃない？」

「だめ！　それじゃだめなの！」

ココは大真面目に僕へ詰め寄った。

「パン職人の仕事はパンを焼くことじゃないのよ。パンを通して、たくさんの人を幸せな気持ちにすることなの！」

真剣な眼差しが、しっかりと僕を射貫く。ココは訴えかけるように続けた。

「マルくんと紗枝ちゃんが、もやもやした気持ちを切り替えたいときに私のパンを食べてくれる。それはとっても嬉しいの」

ココが僕からすっと体を離し、空になった盆を見つめる。

「私のパンで元気になってくれる人がいる。それなら私は、たとえ自分が知らない味のパンでも焼きたいと思ってる。できる限り応えたいと思って、ドングリもチョコレートも挑戦したの」

僕はというと、ココのひたむきな姿勢に圧倒されていた。

パン職人の仕事は、パンを通して、たくさんの人を幸せな気持ちにすること。ごくシンプルでありきたりな言葉かもしれない。だが、ココなりにそれを実践して、今の彼女があるのだと気づかされる。

こんなに愛嬌のあるぬいぐるみのような姿なのに、仕事との向き合い方は摯実《しじつ》そのものだ。そのギャップに驚かされた僕は、ついそのまま口を開いた。

「かっこいい……！　こんなふわふわころーんとしたウサギちゃんなのに、立派なパン職人なんだ」

ココは照れ笑いでそっぽを向いた。

「からかわないでください！　ウサギでも職人です！」

そしてそっぽを向いたまま、耳をしょんぼりと下げた。

「だけどそれは私のポリシーでしかなくて。実際はこうして、気持ちばっかり空回りしちゃうのよね」

ココのうるうるの黒い瞳を見ていると、無性に胸が締めつけられた。悲しそうな顔もかわいい。でもそれ以上に、見ていられない痛ましさがある。あまりにも惨憺《さんたん》たる表情に耐えかねて、僕は勢いに任せて言った。

「あの、僕になにか手伝えることはない？」

ココが顔を上げる。あまり自信はなかったが、ココを放っておけなかった。

「ドングリとチョコレートがおいしくなくなった理由、ココの代わりに僕が試食して調べてみるよ。なんて、味見くらいしかできないけど」

やはり自信がなくて、語尾が訥々《とつとつ》とする。

ココが目を見開いた。丸い瞳がきらきらして長い耳はぴょこんと斜め向きに曲がっていて。この子はなんてかわいいのだろう。

父さんにも言われた。なんでも勢いでこなす瞬発力は、僕のとりえだ。

「そんで、おいしいドングリブールとチョココロネができたら、またココのふわふわな毛を撫でさせてください！」

「もう……またそれ言う」

ココの耳が、ちょっとだけ下がった。

＊　＊　＊

人生で初めて、パン工房の厨房というものに入った。今しがた焼けたばかりのパンが、パンラックの金網の上に並んで粗熱を冷まされている。

ココがひとりで回しているお店なので、厨房のスペースの広さはココの歩幅に合わせてあった。そんなこぢんまりした厨房に、オーブンや冷蔵庫、木でできた作業台、醗酵器なんかがどんと設置され、いっそう狭くなっている。なにしろこれらの機材は、花芽町の外でも使われている、いわゆるノーマル用だ。おかげで作業台にバスケットを持ってきたココは、身長が足りなくて台に上って作業を始めた。

「このドングリは、マルくんが秋に集めたもの。冬の間、ドングリがなくなっちゃうから秋のうちにたくさん集めておくんだって。その余りのドングリよ」

ココが持ってきたバスケットには、ドングリがたっぷり詰められていた。

「冬に向けて食べ物を集めておくなんて、マルは冬眠でもするの？」

大量のドングリに唖然とする。ココは難しそうに唸《うな》った。

「冬眠の名残で、集めたくなっちゃうらしいわ。マルくん自身は冬眠しないけど、冬場はすっごく眠そうよ。野生のシマリスは冬眠するそうだから、その体質が体に残ってるんだって」

「リスとして冬眠してしまうわけじゃないけど、人間として完全に冬眠から切り離されてるわけでもないんだ。曖昧なんだな」

「うん。獣民って、半端に獣の習性を残してることがあるの。たとえばチーターの獣民は、本物のチーターほどじゃないけど、他の人に比べて足が速かったりとか」

ココと話していると、自分がいかに獣民のことを知らないか、思い知らされる。今までの自分の生活に獣民は関係してこなかったから、知ろうともしなかった。

「ゴリラの獣民は握力がものすごく強いけど、本物のゴリラのように五百キロもの握力はなかったりとか。それでいて、滅多に怒らない温厚な性格はゴリラそのものなの」

「え!?　ゴリラってそんなに握力あるの？　そんで、温厚なの？」

獣民のことを知らないというより、僕はそもそも動物に詳しくない。

バスケットの中のドングリを、手にとって改めて観察した。全部同じに見えるが、よく見ると微妙に形が違う。丸っこいものや細長いもの、殻の形がまったく違うものまで、さまざまだ。ぱっと見ただけでも、五、六種類くらいのパターンがある。

「ひと口にドングリと言っても、こんなに種類があるんだね」

「私もこれを見るまで知らなかった。本当はもっとあるんだって。これは花芽町の近くで取れる種類だけ」

それからココは、作業台に本を持ってきた。ドングリの種類を紹介している図鑑だ。僕はバスケットの中のドングリと図鑑の絵を見比べて、感嘆していた。

「これはマテバシイっていう種類なんだ。おお！　ドングリの種類によっては、毒素がほとんどなくてアク抜きしなくても食べられるものもあるって！」

なんだか、今日は知らなかったことだらけだ。ココが他のパンの世話をしながら、こちらを振り向く。

「アク抜き不要のドングリだったら、私でも食べられるかしら」

「うーん、やめた方がいいと思う！　よくわからないものを食べて体を壊したらいけない。獣民の体質は、難しそうだから」

斯《か》く言う僕もドングリを食べたのは今日が初めてだ。

ココがふかふかの手に、手袋を嵌《は》めている。

「お、手袋かわいいね」

「もう、いちいちかわいいって言わないで！　獣民の調理師は、食べ物に毛がつかないように細心の注意を払うの」

ココがぬいぐるみのような顔で大真面目な発言をする。話していると忘れそうになるが、言われてみれば、厨房に動物がいるのは社会一般では事件かもしれない。獣民はそういう批判にも晒《さら》されてきたのだろう。ココがこうして厨房に立っているということには、きっとそれだけの獣民たちの地位向上に努める過去の働きがあったからなのだ、と、今更ながら感じた。

「それでね想良くん、これがそのドングリを下処理したもの」

ココが僕に、片手鍋を差し出してきた。鍋底には鳥《と》の子《こ》色の木の実が、ころころと溜まっている。

ココから見せてもらった本によれば、ドングリはまず、水につけて食べられるものと食べられないものとを選別するという。水に沈んだものが食べられるドングリだそうだ。その後、選定されたドングリの殻と皮を剝く。それから水に浸したり煮沸したりして、アクを抜くのだそうだ。アクを抜いたドングリを乾かして、砕いてブールの生地に混ぜて焼いたら、ドングリブールの出来上がりとなる。

ココが持ってきたのは、その途中段階の、アク抜きを済ませて乾かしたドングリである。

「マルくんはリスだから、アク抜きしなくても食べられるみたい。でも『抜いた方が渋みがなくなっておいしい』って聞いたから、私もパンに入れるときはアク抜きしてる」

「これがその、アクの抜けたドングリだね。もらうよ」

僕はひとつ摘まんで、口に放り込んだ。これといって、味がしない。先程のパンほど渋くなく、栗の味に近いような、それとも少し違うような。もうひとつ、別のドングリを手に取る。こちらは今しがた食べたものより、ぷっくりと真ん丸い。口に入れた途端、僕はむせそうになった。

「渋い！　味が全然違う！」

「え！」

ココが目を丸くした。用意してあった図鑑を捲り、食べたドングリを確認する。

「最初に食べたのがスダジイっていうドングリで、二個目はクヌギだったんだ。実の味が種類で違う。それでパンの味にムラができちゃったのかも」

さらに食べ比べてみると、徐々にドングリのことがわかってきた。

「スダジイやマテバシイはそのままでも渋くないけど、ミズナラは煮沸が甘いと渋みが残るみたい。クヌギは相当残る。ココは実際に食べられなかったから、この加減が難しかったんじゃないか？」

「うん、きっとそう！　アク抜きの時間は図鑑のとおりにしていたけど、ドングリの種類によって違うから、ちゃんとアク抜きできてないこともあったのかも」

ココは目が覚めたような顔で頷いた。僕はドングリをぽりぽり口に運ぶ。だんだん、図鑑を見なくてもドングリの種類がわかる『利きドングリ』ができるようになってきた。

「ドングリそのものの味が種類で違うし、アクの強さも違う。ランダムにパンに混じってたら、そのつど味が変わっちゃうかもしれないな」

「そうだったんだ。私、ドングリのこと全然わかってなかった」

ココは目から鱗といった顔で、鍋の中のドングリを覗き込んだ。

僕も、こんなことは今日まで知らなかった。そもそもドングリを食べようと思ったのは、今日が初めてだ。この町でこの店に出合わなかったら、たぶん、一生食べなかった。

ココが嬉しそうにドングリの味の特徴をメモしている。その健気な姿がかわいくて、後ろ頭を撫でようとした。が、気づかれて手で弾かれた。ココはかわいい顔をして、意外と強かだ。

続いて、チョコココロネのチョコクリームだ。ココが冷蔵庫から蓋つきの白い器を持ってきた。中にはとろっとしたチョコレートクリームが詰まっている。

「チョコクリーム、ココの手作りなんだね」

「うん。見た目がきれいにできてるから、自信あったんだけど……」

ココが顔を顰《しか》める。たしかに、見た目はおいしそうなのだ。

器の中のチョコレートを、スプーンですくって食べさせてもらった。やはりなんだか、変なべとべと感がある。

「基本的なチョコクリームの作りかたに蜂蜜を足してるの。なにがいけないんだと思う？」

ココに尋ねられても、即答できなかった。なにせ僕は、料理が全然できない。材料や工程のどこが原因なのか、見当もつかない。おいしくないとか舌触りが悪いとかはわかるのだが、なにが原因でそうなったのかまでは僕の舌では判別できないのだ。

「これを作るのに、参考にしたレシピはあるの？　それをもう一度見直して、きっちりレシピどおりに作ってみたらどうかな？」

するとココは、口元に手を添えて唸った。

「レシピね……困ったな、材料の量や工程がしっかりわかる、正確なメモがないわ」

「そうなの？　テレビで観たとか、誰かに教わったとか？」

「そう。このチョコクリームは、お父さん直伝のレシピで作ったの」

ココは器の中のクリームを真剣な瞳で見つめていた。

「私のお父さんも、パン職人でね。ここからちょっと遠い町で、お母さんと一緒にパン屋を営んでるの」

「へえ！　両親も娘もパン屋さんなんだ。両親はどっちもウサギの体じゃないんだっけ？」

先程マルと話したときに、ココがそう話していた。ココはこくっと小さく頷く。

「うん。ウサギの因子があるのはたぶんお母さんの方かな。見た目には出てないけど、玉ねぎとか、それこそチョコレートとか、好きじゃないみたいだから」

この話は本当、不思議でおもしろい。本人も知らないところで獣民の陽性因子があって、ごく稀にココのような子が生まれる。ココの両親や周囲の人も、さぞ驚いたことだろう。

ココはチョコレートのクリームの表面を見つめ、首を捻っていた。

「両親のお店ではチョココロネがいちばん人気でね。このチョコクリームは、そのチョコロネのクリームなのよ」

言ったあとで、ココが難しい顔で訂正する。

「……になるはずなんだけど、両親のお店のチョココロネは評判がいいから、きっと味が違うんだと思う」

「どこで間違えてるんだろうね」

僕はもうひと口チョコクリームを舐めて、やはりなにかが足りない味に首を捻った。

「お父さん直伝なら、お父さんに連絡を取って、作りかたをもう一度聞いたらいいんじゃない？」

「そうねえ、それしかないか」

ココがクリームとにらめっこして、難しい顔で耳を横に下げる。僕はココを一瞥した。

「はじめからそうすればいいのに！」

「ふふっ、そうよね」

困ったように笑って、ココがクリームに蓋をする。その笑いかたがなんだか少し寂しげに見えて、僕は言葉を詰まらせた。

もしかして、今までお父さんに相談できなかったことには理由があるのだろうか。しかし部外者の僕が聞くべきでない繊細な事情があるかもと思うと、それ以上なにも言えなかった。

ココがさて、とミトンを嵌めた手をぽんと突き合わせる。

「これからマルくんが来るけれど、ドングリブールを今から焼き直す時間はないわ。かといっておいしくないとわかってるものをお店に出すのも……」

「だよね。今回は諦めてもらって、他のおいしいパンをお勧めしたらどうかな？」

どんな店でも、品切れを起こすことはあるし、調理に失敗することだってある。

「マルもおいしいものを食べてお腹が満たされれば、とりあえず満足なんじゃないの？」

「そうよね。マルくんが二番目に気に入ってくれてる果実ブレッドは今日もおいしく焼けたし、今日のところはあれをお勧めするわ」

妥協気味なココに、僕はふうんと鼻を鳴らした。

「その果実ブレッドっていうのは、ココも食べられるんだね」

「うん。イチゴやバナナやパパイヤなんかのフルーツを生地に練り入れたパンなの。これはね、たまに来る獣民以外のお客様にも人気なのよ」

「へえ、おいしそうだな」

まさに獣民でない僕も、果実ブレッドにはそそられる。

ココがチョコクリームを冷蔵庫にしまい、代わりに別の皿を持って戻ってきた。

「はい、想良くん。これ、協力してくれたお礼。よかったら食べて」

「えっ、撫でさせてくれるんじゃないの？」

「それは許可してません」

ココが冗談っぽく笑って持ってきたのは、ウサギカットされたリンゴだった。赤い皮がつやつやして、透き通った白い身が瑞々しくきらめいている。

「おいしそう！　ウサギカットなのもかわいいね」

「さっき、アップルデニッシュをおいしいって言ってくれたよね。ウサギ獣民の私も、リンゴはおいしく食べられる食材のひとつなの」

ココは小さなフォークを僕に手渡した。それを受け取って、僕はリンゴをひと欠片口に運ぶ。しゃりっと小気味のいい音がして、爽やかな甘さが口いっぱいに広がる。

「おいしい！　すっごく甘いね」

「ふふ。リンゴにはこだわりがあるのよ」

ココもフォークを刺して、リンゴを口に入れた。

「これはいつもお世話になってる、田貫《たぬき》農園のリンゴなの。ここの作物は獣民の体への負担が少なくて、しかもとってもおいしいの」

「本当においしい。止まんないね」

「想良くんにも気に入ってもらえてよかった！」

ココが丸い目を細める。

なんだか不思議な感じだ。ウサギの見た目をしたココとありふれた人間の僕が、同じものを食べて同じ気持ちを共有している。ココは僕が一生食べないであろう牧草を好むような嗜好の持ち主で、僕はココにとって毒になるチョコレートを平然と食べる体なのに、同じリンゴを同じようにおいしいと言い合える。

リンゴが口の中でシャリシャリと砕ける。

「獣民と僕らって、体が全然違うように見えて、実はそんなに変わらなくて、そうかと思えばやっぱりギャップに驚かされる。だけど、おいしいものを一緒に食べたらもっとおいしいのは、共通してるんだね」

「そうねえ……」

なにげなく言った僕へ、ココが相槌を打つ。それから彼女は、ふたつの長い耳をぴんっと立てた。

「そっか！」

ココがなにか思い立ったそのとき、店先からドアベルの音がした。

＊　＊　＊

「ごめんねマルくん！　やっぱりドングリブール失敗しちゃった！」

数分後、カウンターに戻ったココは、訪ねてきたマルにすぐさま頭を下げた。マルが尻尾の毛を逆立てる。

「なんだって！　楽しみにしてたのに」

「ごめんね。でも今日はおいしく焼くコツがわかったから、次からは成功するわ。今日のところは果実ブレッドはいかがかしら？」

マルに提案しながらも、ココがちらりと僕に目配せしてくる。僕は店の中を歩き、件《くだん》の果実ブレッドを見つけた。壁に沿って置かれた陳列棚の中、隅っこの方に並んでいる。スライスされた四角いパンに、たっぷりのフルーツが練り込まれている。カラフルなフルーツが鮮やかに映えて、宝石が埋まっているみたいに見える。

ココはカウンターに手を載せて、マルに顔を近づけた。

「ひとつ買ってくれたら、もうひとつおまけしてあげる」

「お、今日のココは気前がいい！　じゃあ今日は果実ブレッドに決めた」

マルが前歯をちらりと見せる。そんな彼に、ココはふふっと微笑んだ。

「あのねマルくん。果実ブレッド、獣民以外にも人気なのよ」

「ふうん」

「きっと、紗枝ちゃんもおいしく食べてくれる」

「……ふうん」

姉の名前を聞いて、マルの表情が少し曇った。ココが続ける。

「私たち獣民とそうじゃない人間って、体が全然違うように見えて、実はそんなに変わらなくて、そうかと思えばやっぱりギャップに驚かされるわよね。だけど、おいしいものを一緒に食べたらもっとおいしいのは、共通してるの」

マルが僅かに俯く。僕は店の隅の果実ブレッドの前に佇《たたず》んで、ふたりの様子を観察していた。

「どうかな、マルくん。紗枝ちゃんと一緒に食べて、ちっちゃい頃みたいにお話ししてみたら？」

ココがにこにこしながら促す。マルはしばらく、無言で下を向いていた。僕はマルの複雑な表情を半端な距離から眺めて、彼の回答を待っていた。

僕の脳裏に、ココの真剣な瞳が蘇る。

「パン職人の仕事はパンを焼くことじゃないのよ。パンを通して、たくさんの人を幸せな気持ちにすることなの！」

あの言葉の意味が、すっと胸に染み込んだ気がした。

やがて、マルがくるっとココに背を向けた。ちょっと乱暴な仕草でトングとトレーを取り、僕の方へツカツカ歩み寄ってくる。そして棚のガラス戸を開け、僕の脇から果実ブレッドをふたつ取って、ココのいるカウンターへと戻っていった。

「ココって、ときどきすっごくお節介だよね」

怒ったような口調で言って、マルがトレーをカウンターに置く。ココは満足げににんまりした。

ふたつの果実ブレッドを買ったマルは、店を後にした。閉まった扉を楽しそうに見つめるココに、僕は声を投げた。

「さっきの台詞《せりふ》、まんま僕の真似《まね》じゃない？」

「だって、なんかいいなって思ったから」

ココの満たされた表情を見ていると、僕まで頬が緩んでくる。ココはカウンターに体重をかけて、機嫌よさそうに耳をゆらゆらさせていた。

「マルくんも紗枝ちゃんも、だんだん喧嘩することが多くなってる。お互いあれだけ体が違えば、理解できないことはある。心が成長していろんなことを考えるようになれば、幼い頃とは変わってくる。それはごく普通のことだけれど」

ココの黒いボタンのような目が、僕に向いた。

「だけどさ、お互いたったひとりの姉弟なんだから。わからなくなってきたお互いのことを、ちゃんと話してみたらどうかなって。お揃いのパンが、ふたりが話すきっかけになればなって……。お節介かもしれないけど、想良くんの言葉を聞いて、そんなふうに思ったの」

黒い瞳に、店の照明の光が反射している。丸い目にきれいに星が入っていて、なんて愛らしいのだろう。ココがうふっと照れ笑いをした。

「なんて、一緒にパン食べながらまた姉弟喧嘩したりして！」

「あはは、そうかもね」

離れてしまったふたりの心を近づける、そのきっかけ作りのお手伝い。これはパン職人のお仕事の範囲内なのかと問われれば、たぶん違うだろう。これはココの個人的なお節介だ。だけれどそんなお節介な計らいは、僕にはちょっと、格好よく見えた。ココの言う「幸せな気持ち」って、きっとこんな気持ちのことだろう。

ココが改めて、僕に言った。

「私ね、想良くんのこと、初対面で馴れ馴れしくて不躾《ぶしつけ》な人だなって思ってるの」

「言うねえ」

僕は苦笑いして、果実ブレッドをひとつ、トングで摑んだ。ココがはにかみ笑いを浮かべる。

「でもパン作りを協力してもらえたのは素直に助かったわ。あなたはウサギ体質の私より、いろんなものを食べられる。それって、すごいことね。私ひとりじゃ作れないものも、想良くんがいれば作れるかもしれない」

僕を見つめるココの目は、ほのかな期待の色を帯びていた。

「もし良かったら、またパンの味を見てくれないかしら」

その控えめな甘い声に、僕はぱっと目を見開いた。

「本当に!?　ぜひぜひ！」

パンを載せたトレーを持って、ココのいるカウンターへと歩み寄る。

「ココのお役に立てるならなんでもするよ！　見返りにその、ふわふわな頭を撫でさせてね！」

ちょっと冗談を混ぜて返したら、ココは呆れ顔で肩を竦めた。

# Episode 2　ライグラスのフォカッチャとレーズンロール

学校の廊下を全速力で走る。「廊下を走るな」のポスターの前を、無心で駆け抜けた。時刻はホームルーム開始の一分前。まさか、入学早々遅刻するわけにはいかない。

昇降口に掲げられたクラス分けの表から、自分の名前を一瞬で見つけられたのはラッキーだった。見つけるのが速かったおかげで、ロスタイムを短く抑えられた。僕のクラスは、一年A組。よりによって廊下の突き当たりだったのは、アンラッキーだった。

やっと見えてきた教室に、最後の力を振り絞って滑り込む。と、同時に、チャイムが鳴った。

「セーフ！」

床に転げてそう叫んだ僕に、耳慣れたモソモソ声が降ってきた。

「入学式当日から、さっそく遅刻ギリギリかよ。先が思いやられるな」

息を切らす僕の腕を引っ張り上げたのは、中学から一緒の友人、友川である。

僕はよろっと立ち上がり、友川に縋《すが》り付いた。

「友川、同じクラスだね！　これからもよろしく！」

「手がかかるな……」

「聞いてよ友川！　通学に使うバスが一時間に一本しかない！　初日から余裕ある時間の

「マジかよ、寝坊できないな。ていうか一時間に一本って……ああそうか、花芽町から通うんだったな」

友川は、モソモソと含み声で喋った。

「もうちょっと学校の近くに住めばよかったのに。相変わらずアホだな、お前」

友川はいつもこう、口をしっかり開けずにだるそうに話す。眠そうな目元でやる気なさげな口調で喋る、ぬっと背の高い男だ。彼は僕と同じく遠くの出身だが、家族の仕事の都合でこの辺に引っ越してきた。この学校に進学したのも、新居から近いからだ。家から離れるためにここまで来た僕とは、真逆の経緯の持ち主なのだ。

教室の黒板に張り出された席次表を見て、僕は自分にあてがわれた、いちばん窓際の前から二番目の席にリュックサックを下ろした。斜め後ろの席が、友川の席である。彼は机に頬杖をついて、僕に話しかけてくる。

「花芽町なあ。なんでまた獣民保護地区なんかに住むことにしたんだ？」

「知らなくてさ。行ってみてびっくり。町の人の半数くらいが獣民だよ」

花芽町を一歩出れば、周囲はありふれた〝ノーマルな人間〟の世界になる。

獣民は、保護地区から出てはいけないわけではない。世界的には、獣の体でノーマルの人間に交じって働いている獣民もいるらしい。以前テレビで、犬の獣民がその鋭い嗅覚を活かして警察官として大活躍していると取り上げられていた。しかしこれは希少な成功例であり、現実的には、獣民がノーマルの人間に交じっていること自体珍しかった。

学校は花芽町の隣町とはいえ、保護地区の外になるためか、獣民はひとりもいない。険しい山道を挟んでいるせいもあるのだろうが、やはり過ごしやすさがまったく違うのだろう。

友川が心配そうに問うてくる。

「お前、獣民なんて今まで関わったことないだろ。なじめるか？」

「昨日町を歩いてみて、僕も不安に思った。動物ばっかで異様な雰囲気……」

言ったあとで、はたと気づく。不安に思っていたが、昨日さっそく、あっさりなじめる相手に出会えたではないか。

僕は椅子の背もたれに腕を回し、友川に熱く語った。

「そうそう！　引っ越して早々、ウサギちゃんと知り合ったんだよ！　すっごくかわいいぞ。つぶらな瞳して、ふわふわで！」

パン工房『プティラパン』を営むウサギの獣民、ココ。花芽町に引っ越してきて、最初に出会った獣民が彼女だった。町の人たちになじめないのではないかと不安だった僕だが、彼女がウサギだったおかげでぐいぐい近づけたのである。

僕が「ウサギ」と発した途端、友川はぷっと吹き出した。

「お前、本当にウサギが好きだよな」

中学の頃からの付き合いである友川は、僕のウサギ好きをよく知っている。

「そんなに好きなのに、飼ってるわけじゃないんだよな？」

「飼いたい気持ちはあるよ。小学生の頃、飼いたいって両親にねだったことがある」

小四の頃、僕は学校のウサギの飼育係をしていた。これでウサギのかわいさを知った。だが、五年生に進級すると同時に、飼育係は下級生に引き継がれ、僕はウサギの世話をする権利を失ってしまったのだ。喪失感に耐えかねた僕は、父さんと母さんに「家でウサギを飼いたい」と必死に頼み込んだ。

友川がふうんと鼻を鳴らす。

「でも飼わなかったんだ？」

「うん。僕の性格じゃ、責任持ってお世話ができそうにないからだめって言われた」

「ははは。俺が想良の親でもそう言うわ」

友川が変なところで納得している。一応ウサギの飼育係を責任持って務め上げたのだから、こんな言われ方は心外だ。しかし日頃の僕の大雑把さを振り返ると、そう思われても仕方がない。

そんな話をしていたら、後ろの席の人が話しかけてきた。

「ねえねえ、お前、花芽町から通ってるのか？　俺、獣民に興味あるんだよ。動物が好きでさ！」

快活そうな、短髪の男子生徒である。

「俺、後藤《ごとう》。家でネコ飼ってるんだけど、やっぱネコの獣民って気まぐれなのか？」

「ネコにはまだ会ってないな。でも動物的な特性は現れるみたいだから、そうかもしれないね」

ココがそう話していた。すると友川が、えっと身を仰け反らせた。

「じゃあ、やっぱ肉食獣の獣民は獰猛なのか？　それって怖くない？」

友川の顔が険しくなっていく。

「ほら、動物園で肉食獣とか、赤ちゃんの頃から人間に育てられて飼育員によく懐いてても、本能で襲いかかってしまうことがあるって聞いた。獣民も、人間と同じように暮らしてても、いきなり本能が開花して人を襲うかもしれない」

それを聞いて、後ろの席の後藤もハッと真顔になった。

「そっか。そういう危険があるから、獣民は保護地区に隔離されてるのか？」

「だよなあ。でっかい猛獣が人間の知恵を持って襲ってきたらめちゃくちゃ怖いじゃん。想良も気をつけろよ？」

友川が神妙な顔で案じてくる。僕はそんなふたりに、ちょっと狼狽《ろうばい》した。

「え……単に暮らしやすい環境としての保護地区だと思うよ？　昨日見てた限り、獣民は穏やかに生活してたし……」

そこまで言ってから、僕は昨日見かけたヒツジとハイエナを思い出した。弱いものの象徴とされがちなヒツジが、肉食獣のハイエナに追われて捕らえられていた。

「ねえ、ハイエナって狩りをするの？」

友川と後藤に聞いてみると、後藤が頷いた。

「するよ。ハイエナの種類にもよるけどな。ハイエナって他の動物の獲物を横取りしてるイメージが強いけど、本当はすごく狩りが得意なんだよ。むしろ横取りしてるのはライオンの方だって、テレビの生き物番組で観た」

「マジで！　じゃあああの追いかけっこ……」

僕は昨日の子供たちを回想した。捕まえたあと、ハイエナは笑ってヒツジを逃がしていたようだから、捕食したのではないはずである。しかしヒツジの方は本気で逃げているようにも見えたし、実際のところどうなのだろう。

友川と後藤が、興味津々に問いかけてきた。

「もしかして、ハイエナの獣民の狩りシーンを見たのか？」

「すげえ！　花芽町は日本のサバンナか」

「いや、ちゃんと見たわけじゃないけど……」

と、言いかけた僕の机の隣で、ガタッと椅子の音がした。僕と友川と後藤は同時に顔を上げる。隣の席には、肩までのボブカットの女子生徒が、椅子から立ち上がって僕らを睨んでいた。

「獣民は他人を襲ったりしない。襲っちゃいけないって、小さい頃からしっかり教え込まれてるの。勝手なこと言わないで」

きつい物言いの彼女に、後藤がむっとする。

「なんだよいきなり」

「おい、よせよ後藤」

　喧嘩になりそうな空気を見かねて、友川が後藤を制する。いたたまれない雰囲気が生まれ、僕はひゅっと押し黙った。不穏な沈黙が流れる中、ガラッと教室の戸が開く。担任の先生がやってきたのだ。おかげで隣の女の子は椅子に座り、後藤も引き下がった。

　喧嘩になる前に収まってよかった。僕はほっと息をつき、隣の女子を目の端で窺った。不機嫌そうな面持ちで、鞄の中から提出書類を取り出している。そこに書かれていた氏名が、目に留まった。

「『栗住《くりすみ》紗枝』……紗枝!?」

「なに!?」

　隣の女子が目を丸くする。紗枝といえば、昨日会ったリスの獣民、マルの姉の名前と同じだ。勢いづいて、僕は彼女に顔を近づけた。

「栗住さんってもしかして、弟いる？」

「え……」

　栗住さんが眉をぴくっと寄せる。彼女はなにか言おうと口を開きかけたが、その返事を聞く前に教壇の先生がパンパンと手を叩いた。

「お喋りはそこまで！　ホームルームはじめるぞ」

　そのままホームルームが始まってしまい、結局、栗住さんとはそれっきり話せずに終わった。

この日は入学式のみ済ませ、正午には解散になった。僕はバスで片道四十分の道程を戻り、花芽町に帰ってきた。お腹を空かせていた僕は、真っ先にココの店『プティラパン』へと駆け込んだ。

＊　＊　＊

「ココ！　お腹空いたよー」

「あら想良くん、お帰り。いらっしゃい」

ドアベルのかわいい音に迎えられ、店内に入る。ココはカウンターの向こうにおり、瓶詰めのジャムを並べていた。僕を見るなり、ぱっと顔を輝かせて報告してくる。

「今日のドングリブール、マルくんから大好評だったの！　やっぱり、マルくんには気に入ってる種類のドングリがあって、それがたくさん配合されてるときが〝当たり〟だったみたい」

「そっか！　お役に立ててなによりだよ」

「これからは人気の出るブレンドを研究するわ。協力してくれてありがとう、想良くん」

嬉しそうなココを横目に、僕はトレーとトングを手に取った。店内は芳しいパンの匂いに満ちている。黄色い照明に照らされたくるみパンが、表面をつやつや光らせていた。

「マルとお姉さんは、その後どう？」

尋ねてみると、ココは嬉しそうに耳をぴくぴくさせた。

「仲直りできたみたい。でも一瞬だけ！　あっという間にまた喧嘩したわ」

ココの苦笑いにつられて、僕も苦笑した。マルの語り口を聞いているとなんとなく、本気で嫌っているわけではないとわかるからいいが。

ココがぽんと両手を叩いた。

「それ、隣町のツキトジ高校の制服よね。紗枝ちゃんの学校もそこなの！　今日が入学式でしょ？　おめでとう」

ココがぽふぽふと拍手する。僕は学校で隣の席だった黒髪の女の子のことを思い出した。

「マルのお姉さん、紗枝さんって名前だったよね」

「そうね。想良くんと一緒で、今年から高校生なの」

「やっぱり？　もしかしたら同じクラスかも！　苗字は栗住？」

外見はともかく、性格もマルと似ても似つかない雰囲気だったが、名前は一致している。

ココはさらに拍手を重ねた。

「そう！　珍しい苗字だから紗枝ちゃんで間違いないと思う。よかった！　同じ花芽町から通う子がいれば、共通の話題で仲良くなれそうね」

嬉しそうなココを前にして、僕は少し目を泳がせた。同じクラスだった、かもしれない。

だがその栗住さんは、かなりギスギスした印象で、仲良くしようという意思は一向に感じられない人だった。クラス全員と友達になる、なんて父さんには豪語したものの、早くも暗雲が垂れ込めている。

そうとは言えず、僕は黙ってトレーにくるみパンをひとつ取った。今日は寝坊して朝ごはんを食べ損ねている。お腹が空いた。

「入学初日から遅刻しそうになってさ。通学に使うバスが一時間に一本しかないんだ。今日は奇跡的に間に合ったけど、これからは寝坊できないな……」

今朝の全力疾走はしんどかった。今後はもっと早起きして、余裕を持って登校したいところだ。ココがカウンターに頬杖をついた。

「想良くんは早起き得意？」

「まったく。全然起きられない。どうしたらいいんだろう」

はっきり答えると、ココはふふっと吹き出した。

「そうねえ。なにか朝に楽しみを作ったらどうかしら」

彼女は耳を傾け、僕を上目遣いに見ている。

「私、毎朝四時に起きるんだけどね」

「四時!?」

「そうよ。五時にはお店に来て、前日に仕込んだパンを焼かないといけないの。パン職人の朝は早いの」

知らなかった。そういえば、パン屋は朝から焼きたてのパンを置いている。開店時間に合わせて仕込んで焼いているから、あつあつの焼きたてを提供できるのだ。

「そんなに早くからお仕事してるんだ。大変なんだね……！」

「そうねえ。でも、焼きたてのおいしいパンをお客さんに食べてもらうためだもの。あいにくお店の知名度がないから、そんなに早い時間から来てくれるお客さんの方がいないんだけどね」

　ココは自虐的に言って、視線を棚の食パンに向けた。

「朝早くからすっきり起きるために、朝ごはんを楽しみにしてるの。いろんなバリエーションのトーストを考えておいて、『明日はどんなトーストを食べようかな』って考えながら寝る」

「あっ、それいいね！　僕、料理なんて全然できないけど、トーストだったら難しくなさそう」

　僕は手を叩いて感嘆した。おいしい朝ごはんを目標にすれば、僕でも覚醒できるかもしれない。

　僕の下宿先の宿屋は、部屋をひとつ自室として貸してくれるのに加え、キッチンなどの共用スペースも使わせてもらえる。僕はさっそく、食パンの棚に歩み寄った。

　ひと括《くく》りに食パンといっても、種類が複数ある。シンプルな普通の食パンひとつとっても、四角いものと山型のものが置かれていた。さらにデニッシュ食パンやライ麦食パンなどの亜種も並び、厚さも六枚切りと八枚切りから選択できる。

「ねえココ、四角い食パンと山型の食パンって、形が違うだけで味は同じでしょ。両方並べなくても、どっちかでいいんじゃない？」

僕が徐ろに言うと、ココは「異議あり」といわんばかりに、ぴこんと耳をまっすぐ立てた。

「角食と山食は違うわ！　四角い角食は、焼き上げるときに型に蓋をしてるから、ぎゅっとしてしっとりした食感になるの。反対に山型食パン、山食は、型に蓋をしないで焼く。だから生地がふんわりするの」

「ええ！　そうなの!?」

単純に形が違うだけだと思っていた僕は、二種類の食パンを前に驚嘆した。食パンなんて、どれも同じシンプルなパンくらいにしか見ていなかった。ココが誇らしげに言った。

「トーストにしたときの食感も変わるよ。角食だともちもちになって、山食だとカリカリに仕上がる。用途によって選ぶのよ」

「すごい……さすがパン屋さん。そして毎朝トーストを楽しみに起きてるだけはある」

しかし、違いを知ったところで僕にそれぞれの魅力を引き出せるかというと、ちょっと自信がなかった。

「どんな用途のときにどっちを選べばいいのか、悩んじゃうな」

パンを見比べて唸っていると、ココが黒い瞳を光らせた。

「知りたい？　ちょっと待ってて」

妙にいきいきと目を輝かせ、ココは足早に厨房へ入った。すぐに戻ってきて、僕に黄色い水玉模様の表紙をしたノートを手渡してきた。

「私が一年かけて書き連ねたトーストレシピのノート。これあげる！　私はもう内容が頭に入ってるから！」

「もらっていいの⁉」

僕はくるみパンの載ったトレーを一旦陳列棚の隅に置いた。半ば強引に押し付けられたノートを受け取り、ぱらっとその表紙を捲る。

真っ先に目に飛び込んできたのは、色鉛筆で丁寧に描かれた目玉焼きトーストのイラストだった。しかし、ただ目玉焼きを載せただけのトーストではなく、プチトマトとブロッコリーと、たっぷりのチーズもパンの上に描かれていた。イラストの脇には、ココの手書きと見られる丸みを帯びた字で、材料や作る手順、適したパンの種類までしっかり書き込まれている。

「これね、いつか誰かに見てほしくって、自分では食べられないレシピまで思いつくままに書いたの！　想良くんに試してもらえたら嬉しいな！」

ココが無邪気に照れ笑いしている。僕は完成度の高い手書きレシピに、目を奪われていた。どのページもきれいなイラストと丁寧なレシピが刻まれ、しかもどれもおいしそうだ。これを熱心に書いていたというのだから、ココのパンへのこだわりには圧倒される。

「すごいなあ。ありがとう。作ってみる」

純粋にトーストがおいしそうなのに加え、このノートをコツコツ作り上げたココの好学ぶりに感心させられる。

「僕、自分じゃこんなふうにノートを作ったりしないから、感動しちゃった……。僕だったら一ページだけ書いてすぐに飽きちゃいそう」

「えへへ、ありがと。好きなことにはつい夢中になっちゃうの」

ココが面映《おもはゆ》げに耳を前に倒す。僕は、改めてノートに目を落とした。書き込みぶりにちょっと引くほどの熱量を感じる。それと同時に、見ているとなぜか、無性に作ってみたくなる。さっそく明日の朝から、作ってみようか。まずはいちばん最初に描かれていた、目玉焼きトーストから。

「見てたら余計にお腹空いちゃった！　さて、お昼はどれにしようかな」

僕はココのトーストレシピノートをリュックサックに差し込んで、再びトレーとトングを持つ。

そこへ、店のドアベルがチリンと控えめな音を立てた。

「よーっす、ココ！」

ちょっとハスキーな、女性の声だ。僕は扉の方を振り向き、その来客を見るなり口をあんぐり開けた。ココが笑顔で出迎える。

「アヤノちゃん！　今からお昼？」

「そう。今日は午前でシフト終わり！」

陽気な声を響かせてトレーを持つのは、明るいアプリコット色のチュニックに白のパンツルックの女性だ。しかしその後ろ頭は、こんがりした琥珀《こはく》色で、茶褐色《ちゃかっしょく》の三角耳がついている。お尻からはふさふさの大きな尻尾が垂れていた。

「ねえココ、これからどっか遊びに行こうよ」

「私はまだお店閉められないの」

「えー、せっかくあたしの午後が空いてるのに。早じまいしちゃいなよ」

その客が、僕の方を振り向く。

「お！　もしかしてあんたがココの言ってた新入り？」

こちらに向けられた顔は、金色の瞳に突き出た鼻先のキツネだった。

「紹介するわね想良くん。この人は橘音《きつね》アヤノちゃん。近くのカフェでウェイトレスをしてる、私の友達」

ココがキツネを手で差し示す。僕はキツネのアヤノとココとを交互に見比べた。

「ウサギとキツネが友達なんだ。キツネって、ウサギの天敵ってイメージがあったから、ちょっと驚いちゃった」

「あははは！　期待を裏切らない反応！　ココってばまたウサギさん扱いされてる」

笑い出したのはアヤノだ。

「獣民をあんま知らない人って、うちらを見てそう言うんだよね。でもさ、実際は社会が充実してて狩りの必要がないから、狩りの本能なんてとっくに退化してるんだよ」

からっとした、気風《きっぷ》のいい話しかたをするキツネだ。

「まんま動物と同じだったら、多くの生き物の天敵であるヒトが真っ先に嫌われてるよ。そもそもウサギとウサギ獣民は別物だし、キツネとキツネ獣民は別物なわけ。友達でもなんらおかしくないっていうね」

「そっか！　ごめん、全然知らなくて」

「いいのいいの。あんた遠い町から来たんでしょ。獣民ってこの町以外ではそうそういないから、知らなくて当然だよ」

アヤノは気さくに笑って、ちらっとココに目配せした。

「ま、でもあんたが思ったような懸念もあながち間違いじゃなくて。なんだかんだ言っても獣民って、動物の性質が残ってる部分あるからねえ。あたしもときどき、ココのことパクッと食べたくなっちゃうし？」

「え!?」

静かに微笑んでいたココが顔色を変えた。耳をぴんっと立てて、まん丸の目をしてアヤノに釘付けになる。アヤノはココの反応を見てけらけらとおもしろがった。

「冗談冗談。まさか本気にした？」

「だって、動物の性質が残ってるっていうのは、私自身もよくわかるから」

ココの口がむうっとへの字になる。

「私が気づかないだけで、本当は猛獣の獣民は皆狩りの衝動を我慢してるんじゃないかって思うことはあるのよ」

「ははは、ないない。わからんけど、少なくともあたしはない」

ふたりのやりとりを聞いていた僕は、トレーにコーンのパンを載せつつ尋ねた。

「獣民同士でも、祖先の種類が違うとお互いの性質がわからないものなんだね」

するとアヤノが、こちらを向いた。

「それはノーマルの人間同士でも同じでしょ。体のことも考えかたも、秘めてる悩みも我慢してることも、それぞれ個性があるじゃない。あたしたちもそういう感じだよ」

「あ、それもそうか。獣の体なのは、あくまで個性だよね」

「そうそう。獣ならではの性質があるってだけ。むしろ、意味不明な行動を見たとしても、祖先の動物の生態を知れば、意味がわかったりする。たとえば、ココが意味もなく地面に穴を掘ってたらなにごとかと思うでしょ？　実はウサギは、地中に迷路みたいな巣穴を作るんだよ。それを知っていれば、穴掘りを見かけても『癖が残ってるんだな』ってわかってあげられる」

アヤノがぺらぺらと調子よく喋ると、ココが口を挟んだ。

「私ばっかり変な癖があるみたいに言わないでよ。アヤノちゃんだって、キツネだから巣穴を掘る趣味残ってるくせに」

僕は昨日、父さんが車のタイヤが穴に落ちたと話していたのを思い出した。もしかしてその謎の落とし穴は、ココかアヤノか、もしくは同じような習性の誰かが掘ったものだったのか。

それにしても、今のアヤノの話を聞いて、僕の中でちょっとだけ獣民が身近に感じられた。見た目がこんなにも違うから、僕には理解できないことだらけだと思っていたのだが、そんなことはない。獣民に限らず、体質も嗜好も人それぞれだというだけだ。

ココがふうとため息をついた。

「ただ、祖先の動物にちなんだイメージで誤解されやすいのよね。私もアヤノちゃんに狩りの本能が残ってるんじゃないかって思っちゃったから、あまり言えたことではないんだけど……。『ウサギはニンジンが好きだ』と思い込まれているのは、いささか残念ね」

「ココ、ニンジンよりリンゴの方が好きなのにねえ。あたしも『キツネは嘘吐き』なんて言われてる。腹立つわ」

アヤノがココに同情する。

僕も、自分の言動を振り返った。ヒツジは弱い動物、ハイエナは、他の動物の獲物を横取りするイメージ。固定観念で決め付けていた気がする。

トレーに新たに、ジャガイモの蒸しパンを載せる。アヤノもトレーを持って僕のそばに来て、くるみパンをひとつ取った。

「あたしらって獣と人間との境界が曖昧だからねえ。狩りはしないって言ったけど、あたしも子供の頃はハンティングかけっこが好きだったよ」

「ハンティングかけっこ？」

「ハンター動物を祖先に持つ獣民が獲物動物の獣民を追いかけるっていう、追いかけられる方にとっては迷惑極まりない遊び。子供のうちは感覚が獣に近いから、悪気もなくやっちゃうのよね」

アヤノは大きな口でにへっと笑った。その向こうに、カウンターからこちらを見て複雑そうな顔をするココが見える。ココは〝追いかけられる側〟だったのだろう。

獣民ならではの追いかけっこがあるらしい。昨日のヒツジとハイエナの追いかけっこも、きっとハンティングかけっこだったのだ。

選んだパンをカウンターへ持っていき、紙パックのコーヒー牛乳と一緒に会計を済ませる。僕のすぐ後ろにアヤノがつき、彼女もパンを三つ購入した。アヤノは買ったパンを持って、店の隅のテーブル席に座った。

「想良、あんたも一緒に食べない？」

「食べる食べる！」

僕もアヤノと同じテーブルに着く。買ったばかりのパンを広げ、アヤノと一緒のランチタイムが始まった。

「ははは、いっぱい買ったね」

アヤノにおちょくられたとおり、僕の前にはパンが六つもあった。くるみパンにコーンのパン、ナッツのベーグルなどなど。ひとつひとつが小さめだからというのもあるが、単純にお腹が空いていて、おいしそうなパンを衝動買いしたというのが主な理由だ。

僕はさっそく、くるみパンの四つに割れた縁のひとつをちぎり、パンを口に放り込む。

カリッと香ばしいローストくるみと、ほんのり甘いパン生地。素朴で優しいこの味が、空腹に染み渡る。

アヤノもくるみのパンを頬張っていた。

「どれもおいしそうで、ひととおり食べてみたくなるよねえ。でもちょっと、牧草のパンは食べる気にならないな」

「だよね。牧草を食べる祖先を持つ人なら嬉しいんだろうけど、僕やアヤノはなかなか食べようと思わないパンだよね」

肉食寄りの雑食動物、キツネを祖先に持つアヤノとは話が合いそうだ。

牧草のパンは、ココのお店の真ん中のステージを陣取っている人気商品である。ココのお気に入りのチモシーのパンをはじめ、マメ科の花が載ったピザやクローバーが刺さったロールパンなど種類が豊富に用意されている。

僕はくるみパンをもうひと摘まみちぎり、アヤノに問いかけた。

「僕の体質だと牧草のパンはあんまり選ばないんだけどさ。ライグラスのフォカッチャって、ちょっとおいしそうじゃない？」

ライグラスのフォカッチャは、イタリアの平たいパン、フォカッチャの表面に、ライグラスという牧草がちりばめられたパンである。優しい飴《あめ》色の焼き色にぷつぷつとくぼみが並んでいて、少し焦げた牧草が細かくちぎられて載っているのだ。

途端に、アヤノが怪訝な顔になった。僕は慌てて付け足す。

「いや、見た目がなんか、ハーブたっぷりのフォカッチャみたいでおいしそうに見えるんだよ。ハーブも牧草も似たようなものかなって思えてきて、食べてみたくなる」

「あんた、なかなか逞しい好奇心の持ち主だね。まあ、害のあるものじゃないし、試してみたら？　食べたら感想聞かせてよ」

アヤノはおかしそうに促してきた。僕はくるみパンを食べ終えて、ふたつ目に用意したコーンパンを口に運んだ。

「このお店のパンってさ、基本獣民向けの好みに偏ったラインナップだと思うんだけど、ノーマルの人間向きもちょこちょこ置いてるよね。ココが味見できないような食材もあるみたいだけど……」

まさに、昨日のチョコレートクリームがそうだ。ココは悩みながらも、体が受け付けなくて食べられず、味を見ることが叶わなかったと言っていた。アヤノはちらっと、カウンターのココを一瞥した。

「ココが食べられないパンは、あの子のお父さんのパンを参考にしてるみたいね」

「ああ、ココの両親もパン屋さんなんだっけか」

「そうそう。老舗《しにせ》の人気店らしいよー」

そんな会話をしていると、店の扉がばんっと開いて幼い少年が駆け込んできた。

「うわああん！　ココちゃん、助けて！」

現れたのは、白いぽやぽやな毛をした仔ヒツジである。昨日見かけた、ハイエナに追われていたあのヒツジだ。見た感じと話しかたからすると、大体小学校の低学年くらいだろうか。襟つきのシャツにオーバーオールを着た、細っこい子だ。身長も、ココの耳の先より小さいくらいである。

大騒ぎの少年の来訪に、ココが目を見張る。

「あら、フウタくん。どうしたの？」

「ココちゃん、今日、田貫農園に行った!?　怪しい人見なかった!?」

ヒツジは黒い丸い目をうるうるさせて、カウンターにいるココに向かって突進する。パニック気味に捲くし立てる彼に、ココは当惑していた。

「行ってないわ。フウタくん落ち着いて、なにがあったの？」

僕とアヤノも、テーブルから様子を眺める。ヒツジの少年は、ついにわあっと泣きだしてしまった。

「僕、盗んでないよ！」

「フウタくん、落ち着いて！」

ココがもう一度繰り返し、カウンターから出てきた。彼女は店頭に並んだ牧草のパン、ライグラスのフォカッチャをトレーに取り、ヒツジに差し出した。

「大丈夫。まずはこれを食べて。落ち着いたら、ゆっくりお話ししましょうか」

ココの優しい声に、ヒツジの少年はこくんと頭を垂れた。

＊　＊　＊

僕とアヤノがついているテーブルの隣、もう一方のテーブルに、ココとヒツジが向かい合っている。しきりに嗚咽を漏らしていたヒツジの少年、日辻《ひつじ》フウタは、ココのパンを食べてようやく泣き止んだ。

「あのね。田貫農園の牧草が、誰かに盗まれたらしいんだ」

フウタが訥々と話しだす。

「今日の朝にはあった生牧草が、お昼に見たら減ってたんだって。僕、今日の午前中、農園の近くでお絵かきをしてたんだ」

すん、と鼻を啜《すす》るフウタを覗き見て、アヤノが口を挟んだ。

「なるほどねえ。牧草、あんたが食べちゃったんだ」

「僕じゃないってばー！」

せっかく泣き止んでいたフウタがまた喚きだす。ココがキッと目尻を吊り上げて、アヤノを牽制した。

「アヤノちゃん！　フウタくんがそんなことするはずないでしょ」

このフウタというヒツジは、ココの店の常連客だという。アヤノもよく顔を合わせているらしく、三人は共通の知り合いだそうだ。僕がたくさん買ったパンの最後の一個を食べはじめる頃、フウタはようやく事情を話せるようになるまで落ち着きを取り戻したのだった。

　彼が言うには、田貫農園の牧草が何者かに盗まれ、その容疑が自分にかかったのだという。しかし身に覚えがないフウタは、容疑を晴らすべく、ココに協力を仰ぎに来たのだ。

「ココちゃんもパンの材料を仕入れに、田貫農園に行くでしょ？　だから、誰か怪しい人を見てないか、聞きに来たんだ」

「うーん……残念だけど、今日は農園には行ってないの。ごめんなさい」

　ココはフウタに頭を下げて、改めてフウタに尋ねた。

「フウタくんの身の潔白を証明できる人はいないの？」

「いない。僕、ひとりでお絵かきしてたから」

「農園のご主人の田貫さんは、犯人に心当たりはないのかしら？」

「十時頃に、スケッチブックを持って農園のそばを通る僕を見たって……」

　フウタがえぐえぐとしゃくりあげる。それを聞いて、アヤノが首を傾げた。

「はあ、それじゃ、やっぱ犯人はあんたなんじゃや？」

「違うもん！」

「アヤノちゃん！」

　フウタが声を裏返して叫び、ココが険しい顔でアヤノを窘《たしな》める。アヤノはそれすらおもしろがっているような半笑いを浮かべ、肩を竦めた。

　僕はコーヒー牛乳のストローを咥《くわ》えて、しばし考えた。たしかに、アヤノの言うとおり今の時点ではフウタが怪しまれても仕方ない状況だ。しかしこの気の弱そうな少年が、盗みなどするだろうか。泣きじゃくるフウタを見ていると、どうもそんな気がしない。僕はコーヒー牛乳のパックをテーブルに置いた。

「とりあえずさ、農園の近くに住んでる人を中心に、話を聞いてみたらいいんじゃない？　フウタの他にも、怪しい人が出てくるかも。それから牧草を好む他の獣民も調べてみよう。アリバイのない奴が出てくるかもしれないぞ」

「そうね！　あと、農園から牧草を仕入れてるお店も！　なにか見てるかもしれないわ。私もお店閉めて協力する！」

ココが僕の案に乗り、短い手をきゅっと拳にする。僕はココのかわいい仕草を見て、頬が緩んだ。

「僕もついてくよ」

「お兄ちゃん、助けてくれるの？」

フウタが期待いっぱいの顔で目を潤ませる。ココも、僕を振り向いた。

「本当!?　いいの？」

「協力する人数が多い方が、犯人を早く見つけられるよ。さっさと捕まえて、ココにお店開けてもらわないと」

それから僕は、ココのふわふわな頬をちょんとつついた。

「それに協力してココに見直してもらえば、もふもふさせてもらえるかもしれないし！」

「それを私の前で言っちゃだめなんじゃない？」

ココが仰け反って僕の指から逃れる。

向かいの椅子でアヤノが憫笑《びんしょう》している。僕はそんな余裕ありげな彼女も、巻き込んでやった。

「よし、じゃあアヤノも来て！」

瞬間、アヤノがくわっと犬歯を覗かせた。

「は!?　あたしも？　あたしこのあと、大事な用事があるから無理」

「いやさっき暇そうにココを遊びに誘ってたでしょ！」

「面倒くさい！　だって絶対フウタが犯人じゃん！」

「違うもん！」

不服そうなアヤノにフウタが言い返し、ぎゃあぎゃあ揉めはじめたところで、ココが椅子を立った。

「ふふ！　行きましょうか！」

そうして、僕とココ、アヤノ、フウタによる牧草泥棒捜しが始まったのだった。

＊　＊　＊

「牧草を好んでる人たちといえば、あたしの知ってる人では、ウシの宇式《うしき》さんとかヤギの八木《やぎ》さん辺りかな。でも、あの人たちが牧草を盗むとは思えないな」

ココの店を出て、アヤノは渋々と言った。

「にしても、あんたも変な子ね。こんな厄介ごとに自ら首突っ込んでさ」

「だってこういうのはチャンスだよ。ココとか、アヤノやフウタに『頼れる奴』って思ってもらうチャンス」

「ははは、思ってても口に出すなよなあ」

情報を素早く集めるため、僕らはふたりひと組で手分けして町を回ることにした。

ココとフウタは、町の南側に住む牧草を扱う店を中心に聞き取りを行う。僕とアヤノは、北に位置する田貫農園のご主人、それから農園の近隣住民から話を聞いて回ることになった。ココとフウタは南から北へ、僕とアヤノは北から南へと調査を進め、真ん中辺りで合流する寸法だ。

僕とアヤノは、さっそく、被害者である田貫農園へ向かっていた。町を歩いていると、高頻度で獣民を目にする。今もぽってりした丸っこい体つきの、ぶち模様のネコとすれ違った。僕はアヤノに耳打ちで尋ねた。

「今の人、なにが祖先？　ネコ？　チーター？」

「今のはコドコドだね」

「コド……？」

聞いたこともない名前が、アヤノの口から飛び出した。戸惑っているとアヤノは丁寧に教えてくれた。

「アメリカ大陸でいちばん小さいネコ科の生き物だってさ」

次に、眠たそうな顔をしたウサギのような男性を見かけた。ウサギかと思ったのだが、尻尾が長い。僕の視線の先に気づき、アヤノが教えてくれる。

「あれはビスカッチャ。ウサギっぽいけどネズミの仲間だよ」

どうにも聞き慣れない名前が並ぶ。僕が動物に明るくないせいもあるのだが、それにしたって日本になじみのない生き物たちだ。世界の広さと自分の無知を思い知らされる。

さらに歩くと、今度はブタの顔をした女性に出会った。白っぽい肢体《したい》がきゅっと引き締まっていて、スタイルがいい。

「あの人は？　ブタに似てたけど、なんて生き物が祖先なの？」

聞くとアヤノは、あっさり答えた。

「ブタだよ」

珍しい動物が連発していたせいだ。急にストレートな解答が来ると、逆にびっくりする。

「ブタ？　シンプルにブタ？」

「うん。あ、ブタって太ってるイメージあるかもだけど、ブタの体脂肪率はノーマルの人間のモデル並かそれより低いんだよ。筋肉質なんだよねえ」

町を行けば行くほど、豆知識が身についていく。この町は、やはり僕の知らないことで溢れている。

「僕、小学校のときにウサギの飼育係をしていてね。その頃にウサギについては勉強したんだけど、他の動物のことは全然調べてないんだ」

僕が言うと、アヤノはふうんと鼻を鳴らした。

「だからココにご執心なんだ」

「そう。でもこうして知らない動物の姿した人を見たり、知ってる動物でもイメージと違ったりすると、もっと知りたくなるね」

「いいことじゃん」

アヤノがニッと口角を上げ、尖った犬歯を僅かに覗かせた。

道の先に、イヌっぽい顔をした獣民が通りかかった。しかし尻尾は縞模様である。くたびれた茶色いスーツを着たおじさんだ。またもや見かけない種類の動物が出たなと思っていたら、アヤノがあっと叫んだ。

「足間《たすま》さんだ！　帰ってきてたんだ」

「知ってる人？」

「一方的に。有名人なんだよ」

アヤノは足間さんという獣民が去っていった方を目で追いかけていた。

「フクロオオカミっていう、絶滅したらしい動物を祖先に持ってるハイパー貴重な獣民なんだよ」

「絶滅した動物の獣民なんているの⁉」

「うん。因子だけ残ってたんだね。でもこれかなりのレアケースだから、足間さんはしょっちゅう研究機関に呼び出されてる」

この町に来てから驚きの連続なのだが、これには言葉を失った。獣民そのものが珍しいのに、さらに絶滅した生き物が祖先だなんて、とんでもない希少価値だ。それに絶滅した生き物の遺伝子が保存されているとなったら、世界的にも大注目なのではないか。

「すごい！　じゃあ、足間さんを調べていけば、もしかしたら絶滅したフクロオオカミが復活するかもしれないよね！」

「そうねえ。足間さん、人格は普通のおじちゃんなのに。たまたま絶滅種の獣民として生まれたがためにものすごい使命背負っちゃったよねえ」

「でもかっこいいね。生まれながらにして激レアな存在で、生き物の未来を変える可能性があるだなんて」

ロマンに思いを馳《は》せる僕を、アヤノはおもしろそうに見ていた。

「世界にはまだ滅んだ生き物がいるよ。それに、絶滅寸前の生き物を保護してる団体もある。そういうのも、勉強してみるといいかもね」

彼女は笑みを崩さずに言う。

「フクロオオカミは人間のせいで絶滅した生き物だよ」

「えっ」

「人間は反省して、学んでいかないとね」

アヤノの口ぶりはあっさりしていたが、重みがあった。

もういない生き物のことなど、考えたことがなかった。だけれど、目を背けてはいけないのだろう。

獣民を知ることが、生き物を知ることに繋がる。そこから、人間の歴史も見えてくる。

僕はもう少し、動物のことを勉強しようと思った。

＊　＊　＊

町の中心から外れに向かうにつれ、民家は減り、山際が攻めてくる。畑の多い道を歩く中、僕はアヤノと他愛もない会話をしていた。

「さっきココに、トーストのレシピを書いたノートをもらったんだ」

「ああ、あのイラスト描いてあるノート？　あたしも見せてもらったことある。あれすごいよね」

「そう！　ココって絵がうまくて、しかも地道にコツコツノート書いて、努力家なんだね。自分では食べないレシピまで思いつき次第書いてるって言ってたし、考えるのが楽しいんだろうね」

あんなふうに夢中で打ち込めるものがあるというのが、純粋に羨ましい。

僕はいい加減で飽きっぽくて、なにかに一生懸命になったことがない。いつかなにかに本気を出してみたいけれど、そう思えるものを探すのが面倒だ。小学生の頃に抱いた獣医の夢は、ちょっと探していたものに近かったかもしれない。でも見つけたら見つけたで、今度はそのために勉強するのが面倒で、結局なおざりにしてしまった。

アヤノが高い空を見上げた。

「食べられないものまで想像が及ぶってすごくない？　あたし、自分が食べない食べ物には興味ないわ」

「僕も最初は、『自分がおいしいと感じるものの範囲でパン作りをすればいいんじゃないかな』って言ったんだよ。でもそれじゃだめなんだって」

「あの子、仕事に対する情熱が完っ全に職人気質なんだよねえ。バカ正直で全力投球。手ぇ抜くことを覚えろっての」

自分が知らない食べ物でも、それを好きな人のために作りたい……という熱い思いを持つココとは正反対だ。だがアヤノの飾らない態度は、見ていてさっぱりする。

「そこがココのいいところでもあるね。お客さんに満足してもらうためなら、無理は承知でもできることをしようとする。上辺だけじゃなく、他人に本気で寄り添おうとするの。あたしに言わせりゃ、お節介もいいとこだけどね」

アヤノの半笑いに、僕はどきりとした。

アヤノが肉球の付いた指を立て、ニヤけた口元に当てる。

「ここだけの話、ココは典型的な、体質に不満を持ってるタイプでね。実家のパン屋と同じパンを作ってみたり、自分には食べられないものを作ってみたりするのも、ノーマルの人間への憧れなんだよ」

話しはじめたアヤノから、僕は反射的に目を逸らした。

「ああ、そうなんだ。大変そうだもんな」

「結構、そういう獣民多いんだよねえ。あたしなんかはむしろ『皆と一緒じゃやだ』って性格だから、この尻尾もかわいい顔も自慢でしかないんだけど」

アヤノの冗談めかした軽い口調が、僕の胸をちくちく刺激する。

「ココはコンプレックスの塊よん。獣民である自分の体が好きじゃないみたいなんだよねえ。あのトーストのレシピノートも、ココの食べられない食材を使ったのを書いてる。まるで自分以外の誰かに食べさせるために書いてるみたいにね」

「ふうん。そうなんだ」

僕の返事は、自分でも嫌になるほど素気ないものになった。アヤノの視線が僕に向いたのを感じた。

「……あれ。興味ない？　あんた、ココのこと気に入ってるみたいだったから、あんたの知らないココの一面、食いつくと思ったのに」

もしかしたら、僕はココとは正反対なのかもしれない。

こういう、誰かの心の内の深いところにある感情を知るのが好きではない。知ってしまったら知る前には二度と戻れない、この沼のような気配が苦手なのだ。

僕はぱっと顔を上げて、アヤノに笑いかけた。

「まさか！　興味ありありだよ。でも知らないことがあった方がココとのお喋りが盛り上がるし、ココ本人の許可を得ずにアヤノから聞いちゃうのはココに申し訳ないかなと」

「ああ、それもそうね！　ごめんごめん。聞かなかったことにして」

アヤノもあっけらかんとして手をひらひらさせた。

友達を作るのは得意な方だ。人見知りはしないし、距離を詰めるためなら厄介そうな現場にも参加する。でも、広く浅くがいい。

相手に自分の知らない一面があるのは、当たり前だ。それはわかっているけれど、そこまで考えずに付き合える距離でいられれば、不安を感じる必要がない。本人が開示している部分だけ知ればいい。僕のことも、深く知ろうとしなくていい。その方がお互い、心地よい距離を保てるではないか。という考えかただから、僕は人見知りしないのだ。

上辺だけでなく本心に寄り添おうとするココは、それを恐れないからすごいと思う。

「ココ、あんなにかわいいのにコンプレックス抱えてるのか。なにひとつ気にしなくていいのにね」

「本当よねえ。ウサギってかわいい動物の代表格じゃん？　その祖先を持って生まれたなんて、勝ち組なのにね」

アヤノが僕に同調し、それから首を傾げた。

「ああ、だから余計にきついのかも？　周りにかわいさを求められて、辟易《へきえき》しちゃうのかもね」

「なるほど。いっそなにが祖先なんだかよくわかんないような、マニアックな獣民の方が楽だったりして。先入観もないし」

調子のいい冗談で場を濁し、少し早歩きをする。アヤノも、もうそれ以上ココの内心的なことには触れなくなった。


やがて僕らは、白い柵で区切られた広い農園にやってきた。広大な敷地にはキャベツやアスパラガスなどの春の野菜、これから実る野菜の苗などがあちこちに植えられている。果樹園やビニールハウスもあるし、奥の方には太陽に向かって繁茂《はんも》する牧草地帯も見て取れた。

農具の立てかけられた掘っ立て小屋から、丸い顔をしたおじさんが出てきた。アヤノが手を振る。

「お、いたいた。おーい、田貫さん！」

「ああ、アヤノか。どうした」

ずんぐりした灰褐色の顔に、黒い模様。農園の主人、タヌキの獣民田貫さんは、のそのそとこちらに歩いてきた。アヤノが彼の方へと駆けて行く。

「牧草が盗まれたんだって？　犯人、ヒツジなの？」

「そうなんだよ。被害はさほど大きくないし、フウタのいたずらだろうから、警察には相談してない」

田貫さんがうなだれた。

「俺もフウタを疑いたくはないんだけどなあ。でもフウタは牧草を好む獣民だし、現れた時間帯も、疑わざるをえないんだよ」

どうやら農園の主人も、頭ごなしにフウタを犯人と決め付けているわけではないようだ。

アヤノが僕に目配せをした。

「田貫さん、こいつ最近引っ越してきた新しい子。今、牧草泥棒の真犯人を一緒に捜してるんだ」

僕もふたりのそばへ駆け寄って、田貫さんに挨拶をした。

「はじめまして！　僕、想良っていいます。さっそくですが、牧草がなくなった事件のことを詳しく教えてくれませんか？」

「うむ。牧草が刈り取られてるのに気づいたのは、正午。両腕いっぱい分くらいの生の牧草が、畑からなくなっていた。フウタを見かけたのは朝十時くらいだ。ちょうどこの農道で会ってな、あの子は俺に挨拶をして、向こうの牧草畑の方へ歩いていった。そのあとは、フウタを見ていない」

畑の野菜が、そよそよと風に揺れている。風がほんのりと青臭い。田貫さんは難しそうに額を押さえた。

「フウタはよくこの辺に絵を描きに来るんだ。必ずおやつをひとつ持ってきて、昼過ぎくらいまでいることが多い。なにか食べながら絵を描くのが好きなんだそうだ」

　田貫さんの尻尾が、風に吹かれてふよふよしている。

「だが今朝はスケッチブックと色鉛筆しか持ってきていなくて、『おやつを持ってくるのを忘れたから、今日は早めに帰る』と話していたんだよ。そしてなくなっていた牧草は、ちょうどフウタが食べきれるくらいの量だ」

「なるほどねえ。早めに帰るつもりだったけど、やっぱり途中でお腹が空いて、農園の牧草をつまみ食いしたと」

　アヤノが褐色の腕を組んだ。

「目撃情報あり、アリバイなし、動機充分か……決まりだな」

「ちょっとアヤノ！　僕らはフウタの無実を証明するために来たんだよ？」

　僕が叱るも、アヤノは態度を変えない。

「そうは言っても、状況から見てフウタがいちばん怪しいでしょ。逆にフウタじゃない証拠がない」

「それはそうだけど……」

　アヤノの言うとおりで、僕はなにも言い返せなかった。だがフウタが本当に犯人だったら、フウタは僕らに協力を頼まないはずだ。調べを進めてフウタが盗んだ証拠が出てきてしまえば、フウタの自爆になってしまう。

「フウタの他に、農園を訪れてた人は？　誰かが犯人を見てるかも」

僕が問うと、田貫さんは首を捻って考え、今日の来客を挙げはじめた。

「フウタを見た十分後くらいから、来客がひっきりなしだった。モルモットの兄ちゃんが新鮮な野菜を直接買いにきて、赤ちゃんが生まれたばかりのウマの旦那が来たのと……それから、アヤノのとこのカフェの店長が、新作野菜スイーツのために仕入れの相談に来たな。それと入れ替わりで、花屋の奥さんが娘さんを連れて、ニンジンの花を仕入れていったのが十一時半頃。ニンジンの花を花屋の軽トラに積み込んで、花屋を見送ったあと、牧草畑の前を通って盗まれてることに気づいたんだ」

「田貫さんがバタバタしてる間に、誰か農園に侵入した様子はなかった？」

「いや。見てないな……」

田貫さんが残念そうにため息を漏らす。遠くに見える牧草に目を向けて、声のトーンを落とした。

「フウタは決して悪い子じゃない。ただ、まだ幼いんだ。おやつを忘れて、目の前においしそうな牧草があったから、魔が差してしまったんだろう。だが、だからといって見逃してやるわけにもいかない。今後フウタが味を占めてしまわないように、きちんと叱ってやるのが大人の義務なんだよ」

明るい緑色の畑が、春の日差しを受けて眩しく光っている。田貫さんが煩悶《はんもん》の面持ちで目を閉じた。

「ちゃんと謝ることさえできれば、俺もこれ以上責めるつもりはないんだがなあ……」

「認めたがらないのが厄介だよねえ」

アヤノも牧草地を見つめ、ぽつっと呟く。

僕は下を向いて、自分の足元を睨んでいた。でも僕には、アヤノも田貫さんも、フウタが犯人で間違いないと踏んでいるようだ。でも僕には、フウタがやったとはとても思えない。真犯人捜しの協力を仰ぐくらいだから、彼が犯人なわけがないのだ。

しかし証拠がない。こう思っている僕でさえ、ちらっとフウタを疑いたくなるくらいだ。

今の段階では、僕はアヤノと田貫さんになんとも言えなかった。

＊　＊　＊

話を聞いた僕らは、農園の主人に頭を下げ、アヤノとともに農園を後にした。今度は南に向かって来た道を戻る。

戻りながら、アヤノの案内で寄り道をした。農園に野菜を買いに来ている農園のご近所さん、モルモットの盛戸《もると》さんに会い、そのあとウマの旦那さんに会い、アヤノの顔見知りのウシやヤギの家にも行った。牧草を好む人たちは、今回の事件をすでに聞いており、口を揃えて「犯人はヒツジの少年だろう」と呆れていた。

僕はリュックサックからペンとノートを出して、彼らから取った聞き込みの内容をメモしていた。

「モルモットさんは野菜を買ったあと、家族と合流しててアリバイあり。ウマさんは赤ちゃんの世話をしてたみたいだし、ウシさんは終日勤務先の保育園にいて家を留守にしていた。小説家のヤギさんは町のカフェで担当さんと打ち合わせ……。牧草に用がある人たちは、皆犯行が不可能だな。怪しい奴を見たって人もいない」

「ほらね、やっぱりフウタしかいない」

アヤノがにべもなく断定する。僕は自分の汚い字を睨み、奥歯を噛んだ。たしかにこれでは、フウタがダントツに怪しい。

「農園に仕入れをしに来た人たちは？　アヤノのカフェの店長と、花屋さんだっけ」

「そうねえ、少なくとも、店長と花屋は盗んでないでしょうけど、犯人を見てるかもしれないね」

アヤノは面倒くさそうに欠伸《あくび》をした。

「店長はあんたと同じノーマルの人間だから、食べる分の牧草を盗むことはない。牧草茶を作るのに仕入れることはあるけど、そういうときは生の牧草じゃなくて干草を仕入れるし、一度に大量に買う」

農道が徐々に、町の景色に変わっていく。

「花屋もそうね。花芽町の花屋のご夫婦はノーマルだし、娘もハイエナだから、自分用には必要ない。もっとも、牧草ブーケをお店に置いてるから、牧草に無縁なわけじゃないけど」

「牧草ブーケってなに？」

町の石畳を歩いていると、アヤノが途中で立ち止まった。

「これのこと」

アヤノのほうを振り向き、僕は絶句した。目を奪われるほど色鮮やかな花が、その建物を彩っている。軒に垂れ下がる明るい色の花籠に、鉢に入った色とりどりの花。画用紙に自由に絵の具を撒き散らしたようなまばゆい彩りが、アヤノを包んでいる。

店の軒先には、シンプルなゴシック体で店名が刻まれている。『灰江奈《はいえな》生花店』。

アヤノが指さしていたのはそんなカラフルな花ではなく、店先の隅にひっそり置かれた地味なブーケだった。

「これが牧草ブーケ。いろんな種類の牧草をわさっと束にしたもの。牧草が好きな人たちはもらって喜ぶんだけど、あたしは好きじゃないな。色が華やかじゃなくて、かわいくないんだよ」

またもやなじみのない文化を目の当たりにした。ブーケは青い生の牧草や、からからに乾いた干草のおとなしい色合いで、ところどころにシロツメクサやレンゲの花が交じっているくらいしか彩りがない。

「名前のまんま、牧草のブーケだね。あれっ、牧草ってことは食用なの？」

「そりゃそうでしょ。飾っても地味でかわいくないじゃん」

こういうのも、獣民の生活独特の文化だろう。

ブーケを眺めていると、店の扉が開いた。

「ごめんねココちゃん、フウタくん。お力になれなくて……」

「いいえ、ありがとうございました」

出てきたのはココとフウタと、ノーマルの人間の女性だった。三十歳前後の、長い髪をひっつめにしたエプロン姿の美人である。エプロンの胸元に『灰江奈生花店』の文字がプリントされており、この店の店員だと窺えた。

ココとフウタが、僕とアヤノに気づく。

「ふたりとも、戻ってきてたのね。どうだった？」

「フウタの容疑が深まる一方だったよ」

アヤノが意地悪くフウタを見下ろす。フウタはまた、今にも泣きそうな顔で下唇を噛んでいた。ココが耳をくたっと倒す。

「こっちもだめ。牧草が盗まれてたって話は、田貫さんの知り合い間では話題になってるんだけど、犯人を目撃した人はいないみたい」

花屋の女性が頬に手を当てた。

「ごめんなさいね。私が見ていればよかったんだけれど……あ、でも、娘がなにか見てるかもしれないわ」

彼女は軒の花籠を見上げ、自身の顎に手を翳《かざ》す。花びらが一枚降ってきて、石畳にはらっと落ちた。

「農園へは、娘も連れて行ったのよ。私が田貫さんと話してる間、娘は農園を見学させてもらってたの。私が呼ぶまで好きなところを歩き回ってたみたいだから、私たちが見てない人を見かけたかも」

これは、と僕はフウタに顔を向けた。自由に散策していた娘さんなら、大人たちが見逃したものに気づいているかもしれない。

そこへ、タタタタと軽い足音が聞こえてきた。石畳を駆けてくる、黄色いチェック柄のジャンパースカートを着た少女がいる。丸みを帯びた大きな耳とくりっとした黒い目の、ハイエナである。

「ママ、ただいま！　おつかい行ってきたよ」

背丈は僕の腰の高さほどしかない、幼い女の子だ。しかしさすがはハイエナといったところか、走ってくる足の速さはすさまじい。この子には覚えがある。昨日、町中でフウタを追いかけて遊んでいた子だ。

店先に出ていたエプロンの女性が、駆けてくる少女に両手を広げた。

「お帰り、メグ。おつかいありがとう。助かったわ」

「えへへ、ちゃんと買えたよ」

ハイエナの少女メグが、花屋の女性の胸に飛び込む。フウタを追いかけていた女の子は、この花屋の娘だったようだ。

この子は、牧草が盗まれた可能性がある時間帯に農園を散策していた。彼女自身は肉食獣ハイエナなので、牧草をつまみ食いしたとは考えにくい。

メグは母親の腕から離れると、僕らの方に顔を向けた。

「あっ、フウタ。なんの用？」

途端に、フウタがびくんと跳ね上がって、ココの背中に隠れる。メグはむっとフウタを睨んで、並んだ鋭い牙を剝き出しにした。

「なによ、その態度。そうやってびくびくしてて弱そうですぐ泣くから、ハンティングかけっこの標的にされるのよ！」

「こらメグ！　意地悪しないの！　ごめんねフウタくん。この子ってば気が強くて……」

花屋の女性がメグを窘め、フウタに頭を下げる。フウタはそれでも、ココの背中から顔を出そうとはしなかった。

縮こまるフウタを見て、僕は思った。フウタとメグは、ココとアヤノのように祖先のいさかいを超えた友人、というわけではないのだろうか。そういえばアヤノが、ハンティングかけっこは狙われる方にとっては迷惑極まりない遊びだと評価していた。昨日のふたりの追いかけっこは、追いかけるメグの方は楽しかったのかもしれないが、追われていたフウタにとっては怖かったのかもしれない。

大人のココでも、アヤノが「食べたくなる」なんて冗談を言うとびっくりしてしまうくらいだ。いくら子供でも、肉食獣の顔をした者に追いかけられたら、仔ヒツジが怯《おび》えてしまうのも無理もない。

ココが少し屈んで、メグに視線を合わせる。

「ねえメグちゃん、今日、ママと一緒に田貫農園に行ったわよね。そのとき、怪しい人を見なかった？」

いちばん大事な質問が繰り出された。この返答次第で、事態は一気に進む……。期待に胸を高鳴らせ、メグの回答を待ったのだが。

「怪しい人？　見てない」

メグはきょとんと首を傾げるばかりだった。

メグの母親である花屋の夫人は肩を落とし、フウタはしょんぼり目を伏せた。アヤノは諦めたような顔で、そんなフウタを見下ろす。

僕とココは、互いに顔を見合わせた。ココもはやお手上げといった顔で、嘆息を漏らしていた。

＊　＊　＊

「僕、メグちゃん苦手」

僕らはココの店に戻った。フウタが話しだしたのは、再びテーブルについてからである。

「前に、ハンティングかけっこで興奮したメグちゃんに耳を噛まれたことがあるんだ。血が出て、痛くて、怖かった」

それを聞いて、ココとアヤノは同時に言った。

「ああ、それは怖かったわね」

「じゃれた勢いで噛んじゃうこと、あるよねえ」

温度差のある反応に、ふたりはお互いの顔を振り向いた。

「噛まれた方はたまったものじゃないわよ」

「そう言うなや。悪気はないんだから責めないでやってよ」

「悪気がなければいいってものじゃないでしょ！　傷つけられた方にとっては、痛かった事実は変わらないのよ」

語調を尖《とが》らせるココに、アヤノが面倒くさそうに返す。

「はいはい、そりゃそうだ。けど子供の頃は力加減がわからなくて、相手に怪我させちゃうこともあるんだよ。そうやって反省して、覚えていく」

客観的な説明を受け、ココは不服そうながら納得した。

「なんだか理不尽な気もするけど、仕方のないことかもね。やってしまったことは取り消せない。反省して次から学習してくれるなら……」

ココとアヤノの会話に、フウタが割って入った。

「メグちゃんは反省なんてしてないよ。謝ってくれないもん。むしろあれから毎日のように僕を追いかけてくる。怖いって言ってるのに意地悪するんだよ」

ぐすぐすと目に涙を溜めたフウタの主張を聞き、アヤノはばつが悪そうに目を閉じた。

「あー……メグの肩を持つわけじゃないけどさ。祖先が強い動物だと、それなりにプライドがあるものでね。悪いことしちゃったと思ってても、子供じみた意地が邪魔して、謝りたくても言葉に出せないのよねえ。あんたみたいなめそめそした奴には特にね」

そう言いつつも、アヤノはフウタの頭にぽんっと手を置いた。

「対等になればいいんだよ。よーしフウタ、やり返せ。あんたはただのヒツジじゃなくてヒツジ獣民だからな。ハイエナ獣民相手でも、頭を使えば勝ち目はある」

「こらアヤノちゃん。そうじゃないでしょ」

ココが頬杖をついて、物憂《ものう》げに窓の外を見ている。

「それにしても、困ったわね。完全に膠着《こうちゃく》してしまったわ」

「本当だね。まさかここまで手こずるとは」

僕はテーブルに肘を載せ、手指を組んだ。その上に顎を置いて、ココと同じく外を見る。昼から夕方へと推移する白っぽい空に、うすべったい雲がずるずる流れていた。

せっかくあちこち調べて回ったのに、結局犯人の手がかりは見つからなかった。それどころか、聞けば聞くほどフウタの容疑が濃厚になっていく。あれこれ考えても、真犯人に辿りつく方法を思いつかない。

アヤノがぐったりと、テーブルに突っ伏した。

「やっぱさ、フウタがいちばん怪しいよね」

おざなりな口調だったが、フウタには深く突き刺さったらしい。ずっと目を潤ませていたフウタは、堰《せき》を切ったように大声で泣き叫びだした。

「わあああん！　僕じゃないもん！　盗んでないもん！」

「うわっ、冗談だよ」

さすがのアヤノもあたふたとフウタを宥めはじめた。

アヤノはちょっと、デリカシーに欠けるところがある。繊細なフウタが傷ついてしまい、割れんばかりの大声でめえめえと泣き喚く。聴覚の鋭そうなココとアヤノは、ふたりとも耳をぺったんこにして手で押さえつけていた。僕も頭を抱え、アヤノを責めた。

「泣かした！　どうするんだよ」

「冗談だって、ごめんごめん。フウタも泣きすぎだし。そんなんだからいじめられるんだし」

泣きやまないフウタの大声で、アヤノもいらついてきている。ピリついた空気に耐えかねたのか、ココがカタッと椅子を立った。彼女はトレーとトングを持ち、店内のパンをわっと無作為にトレーに積みはじめ、僕らのテーブルに戻ってきた。

「はい、私の奢り！　感情的になるのはお腹が空いてるからよ。食べて！」

テーブルにタンッと置かれたトレーの上には、ライグラスのフォカッチャにレーズンのロールパン、木イチゴたっぷりのベーグル、トマトのサンドウィッチなど、十は超えるパンがみっちり載せられていた。そのおいしそうなパンの山を前に、フウタは泣き止み、アヤノは絶句し、僕は一気に気分が上がった。

「おお、ココちゃん太っ腹！」

そういえば、たくさん歩いてお腹が空いた。先程たくさんパンを食べたばかりだけれど、今パンを前にしたらまた食欲がわいてきた。僕がトレーに手を伸ばすと、ココが一瞬、ほっとしたように頬を緩ませた。

僕がレーズンロールを選んだのを皮切りに、フウタが遠慮がちにライグラスのフォカッチャを手に取り、アヤノが木いちごのベーグルを選択する。

レーズンロールを頬張ると、甘みのあるもっちりとした生地が口の中に広がり、贅沢に練りこまれたレーズンが舌でくにゃっと潰れた。自然な甘さが口の中で溶けだして、困り事が頭から消えかけるくらいうっとりしてしまう。

パンに癒されたのは僕だけではなかった。フウタも黙々とフォカッチャをかじり、いらだっていたアヤノもおいしそうにベーグルにかぶりついていた。ココ自身も、満足げにアップルデニッシュを食べている。

僕はパンとココの不思議な魅力を噛み締めた。窓を開け放って空気を入れ替えたみたいに、行き詰まって淀んでいたムードを変えてくれた。

ふと、僕はもちもちと膨らむフウタのほっぺに目が留まった。おいしそうに食べている人を見ると、そのパンがおいしそうに見えてくる。たとえそれが、牧草のフォカッチャだとわかっていてもだ。やはりハーブみたいな見た目にそそられる。牧草ってどんな味がするんだろう、と、好奇心が煽られる。ひと口だけでいい、食べてみたい。

「ねえ、フウタ。そのライグラスのフォカッチャ、ちょっとだけ分けてくれない？」

「えっ、牧草だよ？　想良お兄ちゃん、牧草食べられる？」

フウタが素っ頓狂な声を出す。ココとアヤノも、ぎょっと僕に注目した。フウタはおどおどしながらも、ライグラスのフォカッチャをひと口分ちぎり、僕に差し出してきた。僕もレーズンロールを同じくらいの大きさにむしって、フォカッチャと交換する。

普通なら、牧草を食べるのはなかなか勇気がいるだろう。しかし見た目がおいしそうなパンだと、脳がハーブのフォカッチャと錯覚を起こし、抵抗なく口に運ぶことができた。

ひょいと口に入れた瞬間、広大な牧場の牧歌的風景が頭の中に描き出された。すごく青臭い。フォカッチャ自体はもちっとしていて大満足なのに、ハーブと錯覚させる牧草は、いかんせんきつい草っぽさがある。僕のようなノーマルの人間が食べることを想定していないのだから仕方ないが、決しておいしいものではなかった。

アヤノが僕の行動に唖然としている。引いているように見えたのだが、驚いたことに、彼女もフウタに向き直ってベーグルをちぎった。

「あたしにもちょうだい」

アヤノとフウタはひと口分だけパンを交換し、食べた。やはり口に合わなかったようで、アヤノは苦々しい面持ちでゆっくり咀嚼していた。それを見てココがきゃっきゃと笑っている。

「そりゃあ合わないよ！　おいしいと感じるものなんて、違って当然だもの」

ココがアップルデニッシュをおいしそうに頬張る。

「だからこそ、いろんなものを作りたくなるの。私にとっておいしくなくても、誰かにとっておいしいもの。それを喜ぶ人がどんな人なのか、見てみたくなるじゃない？　お店のパンには私の口に合わないものもあるけど、それが好きなお客さんのためにどうしたらおいしく作れるか、考えるのが楽しいの」

僕は口直しに食べていたレーズンロールにハッとした。ウサギはレーズンを食べない。このレーズンロールも、ココにとってはおいしくないものなのかもしれない。

「自分が食べられなくても、それを好む、誰かのために……か」

僕はココの言葉の意味を反復し、牧草ブーケの存在を思い浮かべた。僕にとってあまり魅力的に見えなかったあのブーケも、牧草を好むココにあげたら、喜んでもらえるのではないか。花屋の奥さんも、牧草を食べる人ではない。だけれど、もらって喜ぶ人のことを想って、あのブーケを作るのだ。

そこまで考えて、僕ははたと、フウタとアヤノの会話を思い出した。

「メグちゃんは反省なんてしてないよ。謝ってくれないもん。むしろあれから毎日のように僕を追いかけてくる」

「祖先が強い動物だと、それなりにプライドがあるものでね。悪いことしちゃったと思ってても、子供じみた意地が邪魔して、謝りたくても言葉に出せないのよねえ」

僕はレーズンロールの最後のひと口を飲み込み、椅子を立った。

「ちょっと、行ってくる！」

「え、想良くん!?　どこ行くの？」

ココが呼び止めるのも気にせず、僕はリュックサックを肩に引っかけつつ、店の外へと飛び出した。

＊　＊　＊

石畳の町を駆け抜ける。暖かな春風が頬を掠め、どこからか飛んできた白い花びらが舞い踊って消えた。

息を切らして辿り着いたのは、赤や桃色や黄色、紫に染め上げられた、花の楽園のような店先。吊り下げ鉢が風に吹かれ、小さな花びらを飛ばす。その花びらが、軒に書かれた『灰江奈生花店』の文字を撫でた。

僕は店の前で息を整え、店の脇の路地を覗き込んだ。日の当たらない薄暗い狭い道に、隣り合う店のものらしいコンテナや木箱が積まれている。その木箱の陰にちょこんと座る、黄色いチェックのジャンパースカートの後ろ姿が見えた。短い尻尾を石畳に垂れ下げて、背中を丸めている。集中している少女のそばへ、歩み寄る。

しかし少女は僕の気配に気づき、ばっとこちらを振り向いた。黄色いスカートが弾かれたように立ち上がり、それと同時に駆け出す。胸に大事そうに抱えた、鮮やかな緑色が彼女の動きに合わせて揺れる。

「待て！」

僕は転げるように駆け出して、この少女――メグの尻尾をむんずと捕まえた。メグがギャッと叫ぶ。

「離せー！」

メグが足をじたばたさせて逃れようとする。僕はメグが胸いっぱいに抱えた緑の草を、後ろから覗き込んだ。青々とした、摘みたての牧草だ。

「なんで逃げようとした？　それをはっきりさせてから離してやる！」

「逃げようとなんてしてないよ。移動しようとしただけだもん」

メグが苦しい言い訳をする。

農園を自由に散歩していたと聞いて、もしかして、と思った。でも彼女はハイエナ獣民であり、牧草をおいしいとは感じない体質の持ち主のはずだ。だから、犯人の候補からははずしていたのだけれど。

「田貫農園の牧草が盗まれた。その牧草泥棒として、フウタが疑われてる」

大きな丸い耳に向かって言うと、暴れていたメグはすっとおとなしくなった。

「フウタが？」

顔色を変えて、僕の方を振り向く。僕はこくっと頷いた。

「このままでいいの？　君の知ってること、ちゃんと話してくれる？」

私にとっておいしくなくても、誰かにとっておいしいもの。ココの言葉が、頭の中に響いてくる。

もしかして盗まれた牧草も、そうだったのではないか。盗んだ本人のためではなく、誰かにプレゼントしようとしたものだったのでは。たとえば、謝りたくても言葉にできない、もやもやした気持ちを抱えた幼い少女が。

「……私、この前フウタにじゃれついてて、勢い余ってフウタの耳をかじっちゃったの」

メグは僕に背を向けたまま、小さな声で話しだした。

「謝りたくて、何度も近づいた。でもその度にフウタはびくっとして、私から逃げる。私はそれがむかっとして、追いかけて、捕まえて、意地悪して……いつも『ごめんね』って言い損ねるの」

メグの手が震えて、牧草の先もふるふると小刻みに振動している。

「うちのお店にある牧草ブーケは、フウタみたいな獣民に喜ばれるって、ママに教えてもらった。言葉で謝れないなら、それを渡せば気持ちを伝えられるかもって思った。でもうちのお店のブーケを買うのは嫌だった。口で謝れないかっこわるい私だって、パパとママにばれたくなかった」

アヤノの呟きが、僕の脳裏に蘇る。「祖先が強い動物だと、それなりにプライドがあるものでね」……素直になれないということは、もしかしたら、すごく息苦しいことなのかもしれない。

「そんなときに、ママが農園に仕入れに出かけるって言うから、ついていったの。自分で牧草を用意して、一から作ろうって考えて、ママが農園のおじさんと話してる間に、こっそり牧草を採ってきて、軽トラの荷台に積んで、シートで隠しておいたの」

「それが、その持ってる牧草？」

「うん。ブーケにするのが意外と難しくて……」

メグは俯いて、牧草をそっと撫でた。

「ねえ、お兄さん。私どうしたらいいの？」

僕の手の中で、メグの尻尾が微かに震えている。

「私、フウタに謝りたかったんだよ。仲良くなりたかったんだよ。それなのに、フウタが私のせいで泥棒にされちゃった。これじゃもう、フウタに嫌われちゃう。どうしよう」

メグの声は、絞り出すような涙声になった。僕が尻尾を離すと、彼女はくるっとこちらを振り向き、丸い耳を倒して瞳を潤ませた。

「どうしてうまくいかないの？　私、もうフウタと友達になれないの？　私がハイエナだから？　どうしたらよかったの？」

畳みかけるように僕に訴えてから、メグははたと、急に言葉を止めた。僕の向こう側を見つめ、固まっている。僕は彼女の視線を追いかけ、背後を振り向いた。

路地の入り口に、逆光を背負って佇む小さなヒツジがいる。

「メグちゃん……」

目をぱちくりさせて、彼はその場から問いかけた。

「僕のこと、いじめてたんじゃなかったの？」

「フウタ……！　わ、私……」

メグがぎゅっと、牧草を抱きしめた。フウタが路地に入ってくる。

「メグちゃん、ごめんね。僕、メグちゃんの気持ちに気づかなくて。話を聞かないで逃げてた！　そんなに悩んでたなんて、全然知らなかった」

メグの言葉は、僕を追いかけてきていたフウタに全部聞かれていた。おのずと心の中を知られてしまったメグは、頭真っ白といった様子で石のように固まっている。

結果的に、メグの気持ちはフウタに伝わったというわけだ。フウタもメグへの誤解を解き、彼女に駆け寄ってくる。僕はふたりの間に挟まって、ほっと頬を緩ませた。なんだかんだ、結果オーライではないか。

と、思ったが、よく考えたら全然オーライではなかった。立ち尽くすメグの横にしゃがんで、僕はメグの両肩に手を置いた。

「だけど泥棒はだめだよ。ちゃんと田貫さんのところへ謝りに行くんだよ。田貫さんもフウタが犯人だと思ってるから、はっきりメグがやったんだって言いなさい」

メグは牧草を抱きかかえて、口をつぐんでいる。僕はメグの肩から手を浮かせ、彼女の額をぐりぐりと撫でた。

「プレゼントは、自分のお小遣いで買わないと意味がない。盗んだものをもらっても、フウタは喜んでくれないよ」

メグはようやく無言で頷き、牧草のブーケに顔をうずめて泣いた。

＊　＊　＊

「へえ、じゃあ牧草泥棒はハイエナちゃんだったんだ。意外」

『プティラパン』に戻ると、まだテーブルで寛いでいたアヤノが感嘆した。ココはのほほんと微笑んでいる。

「やっぱりフウタくんじゃなかったわね！　アヤノちゃん、フウタくんを疑ったこと、あとで謝りなさいよ？」

「わかってるよ」

あのあと、メグは両親と一緒に田貫農園へ出頭した。もちろん彼女は両親にみっちり叱られ、濡れ衣を着せられたフウタは何重にも謝罪されたという。

ココの店のテーブルから窓の外を見ていると、夕焼けの町を駆けるハイエナの少女が見えた。店名入りのエプロンをつけて、胸に白と黄色の花束を抱えている。彼女はその花を大事に持って、この店の扉を押し開けた。

「こんにちは、『灰江奈生花店』です。ご注文のお花を届けに来ました！」

「はい、ありがとう」

ココが出迎え、花束を受け取る。

「見て想良くん。きれいでしょ、このお花。お店に飾ろうと思って注文しちゃった。今ならかわいい配達員さんが届けに来てくれるのよ」

エプロン姿のメグは、存外まじめな顔でびしっとお辞儀をした。

「はい！　お手伝いして、お小遣い稼ぎしてます！」

頭を下げて顔を上げると、メグの顔はへにゃっと力の抜けたはにかみ笑いに変わっていた。

「私、フウタの耳を噛んだこと、まだ『ごめんね』って言えてないの。お小遣い貯めて、いつか自分で牧草を買って、ちゃんとフウタに謝る。そのときは、お店にあるどのブーケよりいちばん大きなブーケを作るの」

「素敵ね。お手伝い、いっぱいしなくちゃね！」

「お手伝いしたら、お仕事って大変だけど楽しいなって思った。このままお花屋さんになっちゃおうかな」

メグは照れくさそうに言って、それからぺこっとお辞儀した。

「ココちゃん、お買い上げありがとうございました！」

そう言って店を後にしたメグは、憑き物が落ちたみたいに晴れ晴れとした笑顔を浮かべていた。

僕と同じテーブルで頬杖をついていたアヤノが、あーあ、とやけに低い声を出した。

「ほんじゃ、あたしもフウタに謝ってくるわ。泣かせちゃったし。じゃあねココ、今度また来るよ」

重そうに腰を上げ、アヤノが店を出て行く。一度扉の向こうへ出た彼女は、思い出したように上半身だけ仰け反らせて、僕に手を振った。

「想良、あんたもまた会おうね。あんたおもしろくて気に入ったわ」

「はは、ありがとう。またね」

僕も、アヤノに手を振り返した。アヤノの方こそ、ココとは正反対のドライなタイプで、おもしろい人だった。

アヤノが出て行って、扉が閉まる。カウンターでは、ココが花瓶に花を生けていた。

「また想良くんに助けられちゃったなあ」

「どうだ、鋭いでしょ。今日から花芽町のシャーロック・ホームズを名乗ろう」

真犯人を見つけたことを褒めてもらえるのかと思ったら、ココはふふっと吹き出して、意外にもそこではない箇所を持ち出した。

「そうね、ホームズさん。手詰まりになって、フウタくんが泣いちゃったとき、助けてくれてありがとう」

「え、あれはココがパンを持ってきてくれたから空気が変わったんでしょ」

「本当は不安だったの。ああいうとき、パンなんか出しても『食べたくない』って言われちゃったら、余計に暗くなっちゃうから」

ココは花を飾ると、カウンターから出てきて僕の向かいの椅子に座った。

「想良くんが喜んでくれたから、流れを変えられたの。あのときは、すごくほっとした。やっぱり、パンは喜んで食べてくれる人がいてこそ活きるのよ」

ココの瞳がまっすぐに僕を見据える。思わず僕は、目を逸らした。

僕はやはり、シャーロック・ホームズではなかったみたいだ。ココがそんなことを考えていたなんて、少しも気づかなかった。ココが顔に出さなかった不安を今告げられただけでなく、お礼を言われて、すごく動揺している。なんだか無性に、気恥ずかしかった。

「おいしそうだったから、食いついちゃっただけ」

「それはそれで嬉しいわ」

ココはいつもにこにこしているけれど、本当は度々、不安を感じているのだろう。自分に味見ができないパンがおいしくなかったらどうしようとか、きっと、いろんなことに悩んでいる。

僕は、彼女の思考の深いところにまでは、あまり触れたくなかった。僕にはどうすることもできない不安や悩みを抱えている、そんな彼女に「相談に乗るよ」なんて無責任なことは言えない。

だけれど今、僕はすごく満たされた気持ちになっていた。ココの密かな不安を、ひとつ取り除けた。不安の内容は微小なものだし、僕自身も無自覚だったけれど、それでも、無性に誇らしかった。

「えへへへ、ココは素直でかわいいなあ。僕も『灰江奈生花店』でおいしいブーケ買って、ココにプレゼントしよっかな」

照れ隠しにあからさまな秋波を送ると、ココは耳をへにょっと曲げて笑った。

「そうやって気を引こうとする。せっかくちょっと見直したのに！」

それから彼女は、飾った黄色い花を愛おしそうに眺めはじめる。

「メグちゃん、一生懸命お手伝いしてたね。将来はお花屋さんかな」

「楽しみだね」

花とウサギの組み合わせは、なんとも愛らしい。ただかわいいというより、そういうモチーフの絵みたいになる。

「私も両親の仕事に憧れて、小さい頃からパン屋になりたかったなあ」

「そっか、ココは実家もパン屋さんだもんね」

「想良くんは、小さい頃なにになりたかった？」

ココに尋ねられ、僕は少し、言葉を詰まらせた。ココの目がこちらに動く。

「小さい頃の夢、なんだった？」

「えーっとねえ……いつも今現在のことしか考えてないような子供だったなあ」

幼少期の性格が今とそんなに変わっていなくて、僕は我ながら苦笑した。でも、まったく一度も夢を持たなかったわけではない。

「小学四年生の頃、動物のお医者さんになりたいって思ってたことはあるよ。ウサギが健やかに暮らせるように、応援したくて」

「わ！　意外に立派な夢でびっくりした！」

ココが黒い目を大きく見開く。

「今も目指してるの？」

「もう目指してない。獣医になるにはすごく勉強しなきゃいけないって聞いて、すぐに諦めちゃった」

「えーっ。そんなにウサギが好きなら、貫けばいいのに！」

ココがくすくす笑い、僕も手をひらひらさせて首を振った。

「だからこそだよ。ウサギが好きだからこそ。僕みたいな医者に診られるウサギがかわいそうでしょ！」

つまり、本当のところは、責任を背負える自信がなかったのだ。ココの笑顔が、ちょっと真顔に近づく。僕も口角を上げたまま、視線だけ下に向けた。

勢い余って言ってしまったが、これは、家族にも誰にも明かしていないことだ。

「小学校のとき、ウサギの飼育係をしたことがあってね。その任期が終わったとき、家族に『ウサギを飼いたい』って言ったんだ。でも僕はこのとおり粗忽《そこつ》で、責任感が弱い。だから、生き物を飼うのはだめだって言われちゃった。なんかもう、『ごもっとも』って感じでしょ」

あのとき僕は、漠然と自分を見つめ直してしまった。いつもどおりの僕であれば、ウサギを飼わせてもらえなかったとなれば「残念」と思うだけで済んだ。しかしなぜか、そのときの僕は、妙にセンシティブだったのだ。

「そこから変に考え込んじゃってね。自分でウサギを育てる資格すらもらえなかった僕は、医者にはなれないなって思ったんだ」

自分の性格が招いた評価だけれど、実は未だに、胸にちくちく刺さっている。

大雑把で雑な自分でいると、悩みが少なくて楽だ。周りも気楽に接してくれる。自分の性格が嫌いなわけではない。それでも、胸の奥の、自分の手が届かないほど奥まったところに、魚の小骨のように今でも引っかかっている。

獣医も人医と同じ、命を預かる仕事だ。どんなに好きでも、責任を持って接する人間でなければ、命を預かる資格はない。

「たぶん僕は、この先誰か大事な人ができたとしても、ちゃんと向き合えないと思う。その人ひとりすら大切にできないくらい、テキトーだよ」

そこまで喋ってから、僕は急にぶわっと顔が逆上《のぼ》せた。なんでこんなことを、ココに喋ったのだろう。

「というわけで、今はなりたいものはないかな！　モラトリアムっていうのかな、とりあえずなるようになるさーって気楽にやってる！」

ごまかし笑いで無理に調子を戻す。ココの顔を見ると、彼女は口を半開きにして、変なものでも見るかのように僕を眺めていた。

「想良くんって、なんか」

ココがぽつぽつ、切りながら言葉を探す。

「なんか、かわいいね」

「え!?　なに言ってるの!?」

予想外のコメントをつけられ、僕の声は裏返った。ココがきゃははと茶化した。

「意外と小さいこと気にしてるのね！　辛気臭く悩んじゃって！　まだまだ青いな」

ずっと誰にも言えなかった小さな傷を勢いで開陳してしまったことは、やらかしたと自覚している。しかしだからといって、こんなにからかわれるとは思わなかった。

ココは耳を斜めに倒して、ニヤーッと笑っている。

「想良くん、すぐ洒落《しゃれ》のめしてネガティブな顔なんてしないからさ。なんにも考えてなさそうなふりしてるけど、人並みに考えてるのね。安心した。若いなあ」

「ああもう！　ウサギちゃんのくせしてからかうなー！」

ココの頭をくしゃくしゃに撫でてやろうとしたら、彼女はさっと屈んで僕の手を避けた。

「あはは、私をからかってる分のお返し！」

「たまに真面目に喋ったらこれだ！」

やっぱり、言うんじゃなかった。

＊　＊　＊

翌日、僕は朝早くからキッチンに立っていた。

『ほおぶくろ』のキッチンは、真ん中の食卓を囲んで流しやオーブン、コンロなんかが配置されている。角には食器棚が置かれ、中には種類のさまざまな皿が納められていた。公星さんは、食器にこだわるタイプらしい。

家具家電は、僕らノーマル向きのものではなく、獣民用のものが揃えられている。キッチンに立つのが公星さんだから当然なのだが、全てのものの位置が低い。僕は中腰になったりしゃがんだりしながら、ようやく朝ごはんを作り終えた。ココのレシピを参考に、目玉焼きトーストを作ったのだ。

角型食パンにプチトマトとブロッコリーを置いて、その上からとろけるチーズをちぎって被せる。マヨネーズで土手を作って、生たまごをひとつ割る。ブラックペッパーを振りかけたら、あとはオーブンに入れて、たまごに火が通るまで焼くだけ。

オーブンの前でたまごの様子を見ていると、後ろから公星さんに声をかけられた。

「おはよう想良くん。今日は早起きだね」

「おはよう。朝ごはん作るために早起きしたんだ」

ココに伝授された起き方は、今朝から完璧に作用した。このレシピでトーストを作ろうと決めていたおかげで、布団の中でぐずぐずせず、すぐにキッチンに向かうに至ったのである。

オーブンがチンッと小気味いい音を奏でた。開けてみると、オーブンの中から熱気とともにふわっとチーズの香りが広がった。とろけてぷくぷく気泡を浮かべるチーズの中から、赤と緑の野菜が豊かな彩りを覗かせている。そしてなんといっても、真ん中の目玉焼き。ぷっくり焼けた黄身と白身がおいしそうで、唾液がこみ上げてきた。

「おお、おいしそうにできたねえ」

公星さんも感心している。僕はトーストを皿に移し、テーブルに運んだ。

「公星さんの分も焼こうか？」

「おお、嬉しいね。じゃあぜひ、トマト抜きで、たまごは白身のみで作ってもらおうかな」

「白身だけ!?……あっ、もしかして、ハムスターってトマトも黄身も苦手なの？」

獣民にはまだまだ驚かされる。どの生き物がなにを食べられるのか、僕には知らないことばかりだ。

トーストは目玉焼きとチーズがとろとろで、トマトとブロッコリーのおかげで食べ応えもあり、朝からすごく贅沢をした気分になった。上機嫌でリュックサックに腕を通して、玄関でスニーカーを履く。靴紐を結んで、扉を開けた。

「行ってきます！」

「いってらっしゃい。気をつけてね」

公星さんの和やかな声を背中に受けて、バス停へと駆け出していく。走りにくいローファーは学校に置いてきて、登下校はスニーカーを履くことにした。これが大正解で、足が軽くて心地いい。春の晴れた空が眩しい。朝の花芽町を軽い足取りで走り抜け、町の中心部にある唯一のバス停へと到着した。

バス停には、先客がひとりいた。黒髪のボブヘアの女の子だ。僕と同じ高校の制服を着ている。すぐに、昨日出会ったクラスメイトの顔と一致した。

「栗住さん！　おはよう」

名前を呼ぶと、彼女はむすっとした顔でこちらを振り向いた。

「おはよう……桧島くん、だっけか」

「うん、覚えてくれたんだ。栗住さんも花芽町に住んでるんだね。栗住さんって、リスの獣民の弟いるよね？」

弟が獣民だから、彼女がこの町に住んでいることも肯ける。

彼女の冷ややかな態度は、まだ少し怖い。だがココが言っていたとおり、同じ町から同じ学校に通っているのだから、話題は尽きないはず。

「リスの弟の、マル。僕、一昨日その子と会……」

「そのこと、学校で口にしたら承知しないから」

僕が言い終わる前に、栗住さんは冷たく気色ばんだ。

「マルのことはもちろん、私が花芽町に住んでることも、絶対に口外しないで」

その言いかたがあまりに冷たくて、僕は毒気に当てられた。

「え……なんで？」

「なんでも。学校では、私に関わるのもやめて」

「なんでだよ。せっかく同じ町に住んでて、同じクラスなのに。獣民の話ができる友達、できると思ったのに」

　ショックとか悲しいとか、木で鼻を括った態度が気に障るとか以上に、驚きが大きかった。栗住さんは眉間に縦皺を刻んで、キッと僕を睨みつけてきた。

「あんたみたいな奴がいるから、獣民の家族のこと、隠さないといけないの！　なんにもわかってないくせに、憶測とか偏見であれこれ言う奴らがいるから！」

「え!?　あ……！」

　昨日の学校の記憶を遡及《そきゅう》する。僕は友川と後藤と共に、獣民というものが何者なのか、人を襲ったりするのかと、平然と話題にしていた。獣民の実情をたいして知りもせず、へたしたら獣民に対する誤解を広げてしまうようなことを言ってしまった。あのとき栗住さんが口を挟んだのは、僕らの身勝手な会話に耐えかねたからだったのだ。

　栗住さんが息巻く。

「獣民もその家族も、デリケートな問題を抱えて生きてるの！　桧島くんみたいな粗忽な奴がテキトーなこと吹聴するから、マルも私も生きづらくなるの！」

　怒濤のように叩きつけられた本音が、僕に突き刺さってくる。自分が軽率な性格なのは、自覚していた。誰かが迷惑を被っているであろうことも、わかっていた。だからこそ目を瞑って逃げたかった、〝痛み〟という本音。

　僕はしばらく、返す言葉を探した。否定もできなければ言い訳もできない。笑ってごまかすこともできない。相手が本気ということは、こちらの逃げも通用しないということだ。だから嫌なのだ。他人の心の内側は。

そこへ、バスがやってきた。ひとしきり喝破《かっぱ》した栗住さんは、はあ、と息をついてバスのステップを上る。

「そういうことだから。学校ではマルのこと、絶対に言わないでよ」

最後にもうひとつ氷のような視線を突き刺し、彼女はバスの中に消えた。僕は憮然としたまま、足が動かなかった。僕の言動が、当事者である栗住さんをあんなに追い詰めていただなんて。

バスのドアがプシューッと閉まる。我に返ったときには、バスは立ち尽くした僕を置いて発車していた。置き去りにされた僕は、去り行くバスの後ろ姿を見届けて苦笑いした。

「せっかく早起きしたのに……結局走らなきゃならないな」

朝の春風が緩やかに吹く。まるで失意の僕を慰めるような優しい風に、ちょっとだけ、虚しくなった。

## Episode 3　サバフライのホットサンドとカスクルート

『プティラパン』で買ってきたデニッシュ食パンに、バターを塗ってトーストした。これに市販のプリンを塗ると、これだけでもおいしそうである。フライパンの上では、砂糖水がクックツと静かに気泡を生んでいる。その様子を窺いながら、バナナを輪切りにする。今日も早起きができた。この町にやってきて、一週間。今のところ、学校を遅刻したことは一度もない。毎日の朝ごはんのおかげで、朝が楽しみなのだ。

キッチンの一角に、ココからもらったレシピノートを置いている。これを見ながら、面倒くさがりで不器用な僕でもできそうなトーストを選ぶ。クリームチーズを塗って焼いて、蜂蜜をかけたハニーチーズトースト、オムレツの材料をパンに染み込ませて焼いたオムレツトースト。少し寝坊したときは、夕食の余り物のパスタソースを塗って焼いた。今まで料理なんてまったくしなかったが、ココのレシピを見ているとできそうな気がして、どんどん実行したくなる。作っていると公星さんが褒めてくれるので、なおさら調子に乗る。公星さんの好物に合わせてアレンジしたものを一緒に作る日もあった。

ただ、ココが実際に食べたことのない食材を使ったレシピも、このノートには記されている。彼女が想像だけで書いたものの中にはたまに、レシピどおりに具に火が通るまで焼いたら、パンが焦げてしまう事態に見舞われることがある。そういうときは、反省点を書いたメモをページに挟む。次から具のバランスを考えたりして、リトライしているのだ。面倒くさがりの僕だけれど、この作業は意外とコツコツ続いている。

今日のメニューは、スイーツ系にしてみた。フライパンの中でカラメル色になった砂糖水に、バターと輪切りのバナナを投入する。すでに甘い香りがキッチンじゅうに満ちて、朝からお腹が鳴りそうだ。

『プティラパン』へは、ほぼ学校帰りに毎日通っている。バス停でバスを降りてから下宿先のほおぶくろに向かうまでの道程で、おいしそうな匂いを漂わせているからだ。放課後にはお腹を空かせている僕は、ガラス窓越しに見えるおいしそうなパンとかわいいココに見事に釣られ、吸い込まれるように入店していた。

バナナにカラメルを和えたら、プリンを塗ったデニッシュ食パンの上に整列させる。これにシナモンを振りかけたら、完成。キャラメルバナナプリントーストだ。さくさくカリカリのデニッシュトーストとほかほかのとろけたバナナ、冷たいプリンが、舌の上で仲良く混じり合う。シナモンのアクセントも利いている。デザートのようなトーストも、贅沢な気持ちになれてなかなかいい。

トーストを食べたら、バス停へ向かう。バス到着の五分前に着くと、すでに待機する栗住さんと会った。

「おはよう、栗住さん」

「おはよう」

栗住さんと会話を交わすのは、この時間だけだ。会話といっても、挨拶だけである。

あれ以来、栗住さんとは気まずくて話せない。本当は彼女から獣民のことを聞きたい。生態とか生活に関する知識が欲しいという意味でなく、単純に、ココやマルの話をしたいのだ。栗住さんはココの店のチョココロネを好んで買っていると聞いている。そういう世間話もできたらいいなと思っている。しかし、栗住さんが僕を嫌う以上、話しかけることはできない。

栗住さんから叱咤されたので、僕はクラスメイトとも獣民の話をするのは避けている。あれから友達が増えたけれど、花芽町に住んでいるという事実自体、自分からは言わないことにした。

友川と後藤には、獣民は狩りの本能が退化していること、少しだけ動物っぽさがあるがあくまで個性程度で、見た目以外はほとんど普通の人間であることなどを伝え、誤解だけは解消しておいた。

栗住さんの言うとおり、余計なことを話すのは賢明でない。僕が花芽町に住んでいるからなおさらだ。この町に住む当事者として話すことは、たとえ根拠のない僕の推論でも、説得力を持ってしまう。

だが、本当のところかなり話したい。『プティラパン』のパンがおいしいこと、でも変なパンもあること、ココがかわいいということや、そのココが書いたトーストレシピのノートの完成度がすごいということ……。僕の中だけでとどめておくのはもったいなくて、クラスの友達に言いたくて仕方なかった。

＊　＊　＊

この日も学校では他愛のない話をして、放課後、町に帰ってきた。今日もお腹が空いた。朝ごはんが甘いパンだったから、おやつは塩気のあるパンにしようか。そんなことを考えながら『プティラパン』に向かっていると、向かいから見慣れない紳士が歩いてくるのを見かけた。

古風な茶色いスーツ姿の、ころっとした体格のおじさんだ。見慣れないといっても、無論僕もこの町の獣民全員の顔を覚えたわけではない。だが、この紳士のルックスは他に類を見ないものだったのだ。

茶色い顔にぽちっとした小さな目、そして刮目《かつもく》するは、その大きな黒いくちばしだった。

「鳥……」

これまでに、いろんな獣民を見かけてきた。ネズミやマーモセットなどの小動物から、クマクラスの大きな動物、イヌやネコなどのポピュラーな生き物を祖先にした人から、日本では知られていないシマテンレックなんていうハリネズミのようなマニアックな生き物の獣民まで、その種類はさまざまだった。しかし思えばそれらの祖先は全て哺乳類で、くちばしがある人は未だかつて見たことがなかったのだ。

『プティラパン』の扉を開けると共に、僕は第一声でココに疑問を投げかけた。

「ココ！　獣民って鳥類の人いるの!?」

「想良くんお帰り。鳥の獣民はいないわよ」

陳列台にパンを補充していたココが、マイペースな口調で答えた。

「だよね、今までいなかったもんね。でもさっき、くちばしがある人がいたんだよ。こう、水鳥みたいな平たいくちばし！」

興奮して喋る僕を見て、ココはひとつ、まばたきをした。

「加茂橋《かもはし》さんかな。帰ってきてたのね」

「カモ……？」

「カモノハシの獣民よ。カモノハシは、哺乳類なんだけどたまごを産む、珍しい生き物なの」

「そんなのいるんだ！」

「卵生の哺乳類って、カモノハシと、あとはハリモグラのうちの数種類くらいしか見つかってないんだって」

生き物に明るくない僕は、こういう話にしょっちゅう驚かされている。ココはパンを並べ終え、くるりとターンした。

「加茂橋さんは気まぐれに世界じゅうを旅してるかたなの。ダーツやルーレットで行き先を決めて、そこで過ごして飽きたらまた別の行き先をランダムに決める。そうしてどこかにとどまることをせず気ままに暮らしているから、この町に帰ってきてることもとっても珍しいの」

　トレーを持って歩くココのスカートの裾がふわりと広がる。

「獣民は、なにかと生活が不便だからって理由でこうして保護地区で集まって、町からほとんど出ずに暮らす人が多い。だけど加茂橋さんは進んで外の世界を見てるのよ。そういう生きかたって、羨ましいよね。大胆な人じゃないと、なかなか実行できない暮らしかただと思う」

「そういう人だったのか。かっこいいね」

　枠組みにとらわれず、自分の行きたいところへ行き、やりたいことをする。哺乳類が卵生でなにが悪い。他人の〝普通〟は関係ない。加茂橋さんからは、そんな生き様が感じ取れる。

「どこでなにして過ごしてたのか、加茂橋さんから話を聞いてみたい！」

「加茂橋さんが帰ってきてるときは大体、ここから南にある川で釣りをしてるわよ。誰とでも気さくに話す人だから、想良くんならすぐ打ち解けるんじゃないかな」

「本当!?　行ってみる！」

　僕はそわそわしながら、朝食用の食パンを取った。それから今日のおやつのパンを選ぶ。今日はなにを買おうか、目移りしてしまう。

　するとココが、「そうだ」と手を叩く。

「想良くん、前に私のパンの試食を手伝ってくれるって言ってたわよね。今日もお願いしてもいい？」

「おおっ、新作!?　食べる食べる」

　僕がすぐさま興味を示すと、ココは厨房からトレーを持ってきた。そこには表面にこんがり焦げ目がついたホットサンドがふたつ、並んでいる。

「これ、なにが入ってるの？」

「サバのフライ！　タルタルソース入りよ」

「ちょうど今日は、そういうおかずっぽいパンを食べたかった！　さっそくいただきます」

　僕は焼き目のおいしそうなホットサンドを、ひと口頬張った。

　焼き上げられたパン生地がカリッとして、フライがサクッと音を立てる。軟らかなサバの身と千切りキャベツが折り重なって、絶妙な酸味のタルタルソースがコクのある味わいにまとめている。

「おいしい！　味見していないなんて嘘みたい」

「よし、成功ね！　私が食べられないもの、想良くんが進んでチェックしてくれるから助かるわ」

「大丈夫、ドングリブールとチョココロネはおいしくなかったけど、それ以外のパンはいつもおいしいよ。これ、もう残りは持ち帰ってもいい？　加茂橋さんを探しながら食べる」

「もちろん。気に入ってもらえてよかった！」

　ココが嬉しそうにホットサンドを袋に詰めている。僕は彼女の手馴れた仕草を眺めて、なにげなく聞いた。

「ココが食べられないパンは、どうやって思いつくの？　ほら、味を知らない食材だと、どう組み合わせたらおいしくなるのか、想像しづらくない？」

「そうねえ。食べると死んじゃうってほどじゃないものなら、ちょっと齧って味を見たりはするけど……たいてい、お父さんのお店の真似事ね」

ココはあっさりと、そう答えた。

「お父さんは想良くんと同じようにいろんなものを無理なく食べられるから、いろんな味を知ってる。私はそれを見て育ってるから、どんな組み合わせが合うのかなって想像しながら作るのよ」

アヤノが話していたココの悩みを思い出した。ココはウサギの獣民に生まれてしまったことを、コンプレックスに感じているという。ウサギゆえに食べられないものが多い彼女は、ノーマルの体の父親の味覚に頼るしかない。自分で考案したものを自分で食べられなかったり、あるいはおいしく感じなかったりするのは、堪えるのではないか。

チョココロネのクリームの件もそうだ。父に教わったというレシピで作ったとのことだが、見様見真似だったため、味が変化してしまったという。あの日ココは、レシピを父に再確認するのを、ちょっとだけ拒んでいるように見えた。あれからチョコクリームのレシピの確認はしたのだろうか。

本人に直接聞こうとして、やめた。代わりに自分でチョココロネを買って、味を確かめようと思った。しかし今日は、チョココロネが見当たらない。この店ではあまり人気がないというから、置かない日もあるのだろうか。

ホットサンドが詰まった袋を僕に掲げ、ココは莞爾《かんじ》として笑った。

「はい、想良くん。加茂橋さんによろしくね」

「ありがとう！」

僕は彼女から食パンとホットサンドを受け取って、店を出た。結局、チョココロネのクリームについては、聞けずじまいだった。

＊　＊　＊

『プティラパン』から、南へ約十五分。町を外れた静かな道から山道に繋がった。丸太が並んだ階段のハイキングコースになっており、緩やかな傾斜が上下に延びている。

山の中を歩くと、ココが言っていた川を見つけた。土手を流れる小川を想像していたが、実際に見たのは立派な渓流だった。花芽町自体が山の中ということもあり、流れる川はきれいに澄み渡っている。

岩場の上には、釣り糸を垂らす人の影が三つ、四つあった。ノーマルの人間のおじさんと、獣民がいる。彼らは互いに干渉することなく、それぞれがひとりの世界に入り込むようにして釣り糸の先を凝視していた。丸い茶色の頭の獣民がいるのを見つけ、加茂橋さんかと思ったのだが、別の獣民だった。ラッコかビーバーか、そのあたりの生き物のようだ。

この町に来て、一週間。僕はまだ、地域一帯の地理を覚えていない。引っ越してくる前に町の周辺地図を確認することすらしなかった僕は、ここにこんな渓流があることだって知らなかった。加茂橋さんを探しながら、もっと町の周辺を見てみようか。僕は渓流から引き返して山道に戻り、ハイキングコースを下っていった。

小学校の遠足のコースになりそうな、易しい山道が続いている。スニーカーで丸太を踏んで、ふと顔を上げた。雑木林の向こう側に、水平線が見える。直線が日差しを浴びて、白く光っている。波間がきらきらと星を宿して、眩しい。

花芽町がある山は、海岸沿いに立っている。山の中にいながら、海が見える地形なのだ。このハイキングコースを下りていけば、三十分足らずで海岸に出る。なんだかわくわくしてきて、僕は途中から加茂橋さんのことを忘れて、夢中で丸太の階段を下りた。

階段の最後の一段を下りて、雑草だらけの平地を走る。春の青空は、西の端っこだけ夕焼けに変わりつつある。渓流で釣り人を見たきり、ここまでに人とすれ違わなかった。

それもそのはず、海岸方面にはなにもない。海に近づくにつれて道は舗装されていくものの、店も住宅もなく、コンクリートで固められた荒れた平地がだらだらと広がっているだけだった。波打ち際まで行ってみようと、海沿いの道を歩く。潮風が鼻につく。遠い水平線が別世界のようなきらめきを放っていて、その上の雲にはカモメの影が見えた。

思ったよりもなにもなくて、つまらなくなってきた。暗くなる前に引き返そうと考えはじめた矢先、セルリアンブルーの入り江が見えてきた。波が寄せては引く砂浜と、切り立った岩場、冷たい潮風。眼前の絵画みたいな景色に、僕の足は自然と誘《いざな》われた。

入り江に到着した僕は、波打ち際の岩場に腰かけて、持ってきたパンを開けた。磯の匂いを嗅ぎながら食べるサバフライのホットサンドは格別に違いない。

きらきらさざめく海を眺めて、ひと口齧る。少し冷めてしまったが、充分おいしい。野外でパンを食べると、ピクニック気分を楽しめる。今度はひとりではなくて、誰かと一緒に来ようと思った。ココを誘ったら、来てくれるだろうか。夏休みになったら、クラスメイトと遊びに来るのもいい。

ホットサンドに舌鼓を打っていると、突然、声をかけられた。

「あの、すみません」

誰もいないと思っていた僕は、跳び上がってその場にパンを落としそうになった。

「うわあああ！」

「ひゃっ！　そんなに驚かなくても！」

ガラス細工のような、透き通った声だった。振り向いてみたが、誰もいない。しかし正面は海だし、左右にも人影はない。

「こちらです。おーい、こっちです」

また、涼しげな声が聞こえてきた。気のせいではなかったようだ。呼び声を頼りに辺りを見回して、数秒後、声の主を見つけた。

それも、海の中にだ。

「うわあああ！」

もう一度叫んで、またパンを落としかける。海から顔を出していたその人は、困ったような笑顔で言った。

「驚かさないようにお声がけしたつもりが、かえって驚かせてしまいましたね」

ウェーブがかかったアッシュグレーの髪からぽたぽた水を滴らせる、若い女の人だ。

「え……海水浴客？　じゃないよね。あ、海女《あま》さん？」

混乱する僕を海面から見上げて、彼女は岩場に腕を載せた。

瞬間、腋から下のつるりとした肌が露出する。

「いいえ、私はこの入り江に住む者です」

黒と白とグレーのテカテカした肌に、背中に生えた鰭《ひれ》。僕はその姿に、ぽかんとしてしまった。

「イルカ……？」

「はい！　私、カマイルカの獣民で、入佳《いるか》ナギサと申します！」

ぱっと笑ったその口の中は、細かい歯がびっしり並んでいて、彼女がイルカであることを物語っていた。

そうだ、イルカは哺乳類だ。海外の一部地域にしかいないレアな生き物や卵生哺乳類のカモノハシなんかを祖先にしている人もいるくらいだ、イルカがいても不思議ではない。

しかしこの、顔と腕は人そのもので、鎖骨から下はイルカというスタイルは初めて見た。人魚みたいだね。

「はじめまして。僕は想良っていいます。イルカの獣民、初めて見た。獣民って、皆顔まで祖先の生き物なんだと思ってた」

「私たちのような海で暮らす獣民……海洋獣民は、陸上の獣民とは違う独自の進化形態を成しているんです。ああでも、普通の体に見える人に因子があって、生まれた子供に稀に発露するという仕組みは同じです」

ナギサの話によれば、海中で生活する獣民は海の中に独自の町を形成しており、この入り江は海中の町からもっとも近い陸地なのだと言う。

「私の家族は因子はあれど体がノーマルですから、当然、海では暮らせません。小さいうちから親元を離され、海洋獣民の町になじむしかないんです」

言われてみて、ハッとした。海の獣民は、陸の獣民よりさらに孤独そうだ。かける言葉を探す僕をよそに、ナギサは喋々《ちょうちょう》しく語った。

「海獣イコール海洋獣民かっていうとそうじゃないんですよ！　過去にお会いしたアザラシの獣民は、お顔までアザラシだったんです。じゃあ逆に淡水に棲《す》む生き物のかたはどうなんでしょうね？　カワイルカとか気になりません？　会ってみたいけど獣民そのものがそうそういるものじゃないんですよね。ふふふ！」

僕がホットサンドを食べている間、ナギサは一方的によく喋った。イルカはコミュニケーションが上手な生き物だと聞くから、その性質が性格に現れているのかもしれない。

「なにを召し上がってるんですか？」

ナギサが僕のパンを物珍しそうに見ている。僕はホットサンドをちぎり、中の軟らかなサバフライまでひと口大に分けた。

「イルカはサバ、好き？」

「大好物ですよ」

ナギサが頷く。とはいえ、フライは初めて食べるだろうし、ひょっとしたらパンも初めてかもしれない。僕はちぎったひと口分のホットサンドを、水面に近づけた。顔を出しているナギサは不思議そうに受け取り、口に入れた。その刹那、ナギサの目が輝きだす。

「おいしい！　なんですかこれ！」

「町のパン工房さんのパンだよ」

「陸にはこんなおいしいものがあるんですね……。羨ましいです」

陸の生物である僕からすれば、パンくらいでこんなに感激されると面食らってしまう。

ナギサの尾鰭が、パシャッと水面を叩いた。

「私はこんな体なので、陸には上がれないんです。腕から下の皮膚が極度に乾燥に弱くって。陸には海中とは違う獣民の町があると聞いていますが、どうしたって見に行けない場所ですから、存在そのものが御伽噺《おとぎばなし》のようです」

「そうだよね。僕も、海の中の町なんてＳＦみたいだなと思うよ」

お互いの住む世界を知らない僕らは、相手の話が作り話みたいに聞こえる。

日が傾いてきている。僕はハッと、立ち上がった。

「そろそろ帰るね！　じゃあねナギサ」

「え!?　帰っちゃうんですか!?」

まだ話し足りないようで、ナギサは悲鳴に近い声を出した。

「もう少しお話ししましょうよ。陸のこと聞かせてください。ね！」

水の中から僕の足首を摑んでくる。海の中に引きずりこまれそうだ。

「落ちる落ちる！　離して！」

「あっ、ごめんなさい！」

ナギサが手を離す。陸の僕にとって海に落ちたら危険だということが、彼女にはわからなかったのかもしれない。厚い文化の壁を痛感し、僕は再びしゃがんだ。ナギサが申し訳なさそうに、水面に顎まで沈んだ。

「ごめんなさい。私、寂しくて……」

「寂しいの？　海の中の町に戻れば、仲間がいるんでしょ？」

「いいえ、町はもぬけの殻です。お恥ずかしい話、実は私、群れからはぐれてしまったんです」

ナギサは言いにくそうに俯いた。潮が斑模様《まだら》を描く水面を、つまらなそうに見ている。

「この入り江の海中にある町は、近年、あまりの利便性の悪さに人が離れてしまっていて、今はもう私の他には、バンドウイルカとコマッコウ合わせて二十人いないんです。そこで私たちは一念発起して全員で町を離れ、もっと海洋獣民がたくさん暮らしている地域に移住することにしたんです」

「そうだったの⁉」

「しかし私は旅路の途中……といっても一日目ですけど、イワシの群れに気を取られて仲間とはぐれてしまいました」

　ナギサがぽつぽつ話しだす。海洋獣民のルールでは、大海原で仲間とはぐれたときは、最後に中継した町で待機することになっているそうだ。そうすれば、仲間が点呼を取る際に不在に気づき、前の町まで迎えに来てくれる。ナギサの場合は旅立った直後だったので、戻る町は自分の住んでいた町だったという。

「じゃあ、ナギサは今誰もいない町で仲間が帰ってくるのを待機中ってこと？」

「そうなのです。もう寂しくて寂しくて。あまりの寂しさに、誰か通りかからないかと陸を眺めていたほどです。二日ほどそうして過ごしていたら、そこへ想良くん、あなたが来ました」

　そうか、だからお喋りが止まらなくなってしまったのか。

「事情はわかったけど、僕もずっとここにいられるわけじゃないからなあ……。これから山の中を歩かないといけないから、日があるうちに帰りたいんだよ」

「そういうものなのですか？」

「ごめんね、また会いに来るよ」

そう言って岩場を立つと、ナギサは寂しげに微笑んだ。

「想良くん、今日はありがとう。あなたと話せて、とても楽しかったです。パンという食べ物に出合って、陸の世界に興味を持ちました」

「うん、よかった！」

「私も陸に上がれたらな。パン工房のパン、もっと食べたいです。それから陸の獣民にも会いたい。陸のかたたちに私のことを知ってほしいです。そしたらきっと、寂しくないですよね」

そうか。せめて僕以外にも、ナギサがここにいると知っている人がいれば、ナギサに会いにきてもらえる。この浜辺に人が集まれば、ナギサもきっと寂しくない。

「また来るときは、パンいっぱい買ってくるよ」

僕が踵を返してからも、ナギサはずっと、名残惜しそうに僕を見送った。よほど寂しさに耐えていたのだろう。無理もない、ナギサはこんな広い海で、ひとりぼっちだ。海から顔を出していても、人通りがない。

彼女の仲間がいつ迎えに来るのかは、わからない。僕はとりあえず、明日も会いに行こうと決めた。

＊　＊　＊

「はあ、今日も閑古鳥」

イルカのナギサに出会った翌日。下校中に立ち寄った『プティラパン』では、ココが退屈そうにカウンターに突っ伏していた。

「想良くん知ってる？　『閑古鳥が鳴く』って慣用句の閑古鳥って、カッコウのことなんだって。人が寄り集まらなくて、寂しいことのたとえ」

最後の方は辞書を読むみたいな口調で、気だるげに垂れ流している。トングでキャロットジャムのクイニーアマンを取り、僕は彼女に尋ねた。

「お店暇なの？」

「うん。パンの味は悪くないはずなんだけどな……」

たしかに、僕自身リピーターになっているが、このお店が混み合っているところは見たことがない。マルやアヤノなどの常連さんと、たまに顔を合わせているくらいだ。

「このお店って、町の中心からちょっと外れてるんだよね。僕はバス停から宿までの道だからいいけど、こっちの方に来ない人にはお店自体が知られてないんじゃない？」

「そうなのかしら。立地条件って大事ね」

ココは耳を横に倒して悩みふけっていた。

立地の悪さゆえに無聊《ぶりょう》を託《かこ》つ人は、昨日も見た気がする。僕はクイニーアマンを置いたトレーを、カウンターに持ってきた。

「ココ、麓の海岸の入り江に海洋獣民の町があったの、知ってた？」

「え！　知らなかったわ。なにそれ、海の生き物の獣民がいるの？」

カウンターでぺたんこになっていたココが、空気を充填された風船のように顔を上げた。海中に町があったことどころか、海洋獣民の存在すら知らなかった様子だ。

「昨日僕、イルカの獣民に会ったんだよ。不思議なことに、顔と手が人だった。これからまた会いに行くんだ」

「へえ、私も会ってみたい！」

目を輝かせるココを見て、僕はぽんと手を叩いた。

「そうだ！　そのイルカ獣民、ココのサバフライホットサンドを食べてすっごく喜んでたよ！　陸の獣民に会いたいって言ってたし、今からパンを持って、ココも一緒に会いに行かない？」

「行く！　お店開けてても暇だし！」

自虐をくっつけて、ココはわたわたと浮き立ちはじめた。

「どうしよう、手土産はなにがいいかしら。イルカさんはお魚が好きよね。そうだ、新作用に作っておいたイカフリッターがある！」

ココが喜んでいるのは、僕も嬉しい。ナギサにとっても、陸の獣民のココと出会えるのはいい刺激になるだろう。なにより、寂しがり屋のナギサは僕ひとりより、もうひとり話し相手がいた方が楽しめるに違いない。

ココが手土産のパンの用意を済ませたところで、僕らは入り江に向かって町を発った。

ワンピース姿のココに山道は大変だったかと懸念したが、杞憂だった。ウサギである彼女は、苦痛そうな顔ひとつせずハイキングコースを軽々と下っていく。

道中で、僕はココにナギサの事情を説明した。群れからはぐれてひとりになってしまったことや、今は仲間を待っていること、遠くへ旅立つ途中だったことなど。ココもやはり、御伽噺でも聞いているかのように不思議がりながら関心を示していた。

山を下り、海辺に出た。しょっぱい風が頬に吹き付けてきて、ココのスカートと長い耳が煽られている。遠くからカモメの声と潮騒が聞こえる。

「こっちの方って、なにもないのね」

ココが昨日の僕と同じ感想を漏らす。

十分弱、海浜通りを歩いた。きらきら揺れる波間を、ココがじっと見つめている。

「ところで想良くん、加茂橋さんには会えた？」

「それが、会えなかったんだよ。代わりにナギサとは知り合ったけど……」

「そう。加茂橋さん、その後目撃情報を聞かないのよ。顔が広いアヤノちゃんも誰からも聞いてないみたいだから、加茂橋さん、また旅に出ちゃったのかもしれないわね」

ココのさらっとした言葉尻に、僕はえー、と不服を漏らした。せっかく帰ってきたのに、のんびりせずにすぐに出かけてしまうなんて、加茂橋さんはやはり変わった人だ。だからこそ、会って話をしてみたかった。

波のきらめきがココの黒い瞳に映りこんで、いつにも増して目が潤んで見える。僕は思ったことが、口から漏れ出た。

「かわいいなあ……」

「え、なに?」

最初の頃こそ照れていたココだったが、最近はちょっとはにかむ程度までに耐性がついてきている。

前方に入り江が見えてくる。岩場で顔を出しているナギサが、すぐに僕を見つけた。

「想良くん! 待ってました!」

「あ! あなたがナギサちゃんね」

ココが、いっそう早足になる。彼女の足が砂浜を蹴り上げ、細かい白い砂がぱらぱらと舞っては落ちた。ココを見たナギサは、水飛沫を飛ばしてぶんぶん手を振っていた。

＊　＊　＊

ナギサの友達は、僕とココのふたりになった。これはその、翌日のことだ。

「進路希望? まだ入学して間もないのに、もうそんな話?」

帰りのホームルームのあとの、ざわざわした放課後。担任から配られたプリントを見て、目が点になった。『進路希望アンケート』の題字の下に、大きく「進学」「就職」の文字がある。いずれかを丸で囲んで、その下のスペースに希望の進学先、就職先を記入して、来月の頭までに提出しろとのことである。

友川が眠そうな声で返す。

「進路希望って言っても、このアンケートは進学か就職か、おおむねの希望考えとけって程度だろ。先生が把握しておきたいだけだろうから、これが決定事項なわけでもない」

その程度だとしても、全然考えていなかった。この高校に進学したのは、偏差値や距離で選んだだけだ。僕がもしこの先学びたいことが決まっていて、その土台作りに進学したのなら、こういう用紙も迷わず書けたのかもしれないが。僕は三秒で思考を放棄した。

「決定事項じゃないんだもんね。テキトーに丸つけて出そう」

このアンケートは、ただ先生が生徒の希望を把握するためだけのものだ。効力の強い文書ではない。だけれど、進路というあまり考えたくない繊細な話題は、目にするだけでなんとなく鬱屈した気分にさせられる。

高校は、あまり考えずに選んでしまった。だが三年後の進路は、大きな岐路になる。三年後、僕はどこにいるだろうか。なにを目指しているだろうか。その頃には、なりたい大人像が定まっているのだろうか。

僕と同じく呆けた顔をして、友川が言った。

「俺、小さい頃からずっと、自分は実家の和菓子屋を継ぐもんだと思ってたんだよ。だけど親父が『やりたい仕事があるなら継がなくてもいい』なんて言いだしてさ、いきなりそんなこと言われてもなんにも考えてないっつうの」

「そういや友川ん家《ち》、和菓子屋だったね」

このたびの引っ越しも、今までより大きな店舗を構えるための移転だったそうだ。

「じゃあ、家のお店継ぐの？」

「他の選択肢、考えたことなんてなかったからな。だから進路希望は、製菓の専門学校に進学かな」

友川の間延びした声を聞き、僕は愕然とした。のんびりした口調のくせに、言っていることは地に足がついている。

こいつがそこまで将来のことを見据えていたなんて、思いもしなかった。てっきり僕と同じで、のらりくらりしているものかと。急に友川が、僕を置き去りにして遠くへ行ってしまったような気持ちになった。僕ももう少し、焦るべきなのか。

しかし、実感が湧かない。働くって、どういうことなのだろう。なりたいもののために勉強するって、どんな感覚だろう。今のところ、学校から与えられた課題をただ粛々とこなすだけを〝勉強〟としている僕には、自分から進んで知りたいことを学ぶ感覚がまったく摑めなかった。

アンケートを睨む僕に、友川は問うた。

「想良は、将来なりたい職業とか、ある？」

「あるように見える？」

「見えない」

「即答かよ。まあ、実際ないけど」

プリントされた明朝体を目でなぞる。文字は頭に入ってこず、代わりにウサギの女の子の真剣な面持ちが浮かんでいた。

「ないけど……誰かを幸せな気持ちにさせられる仕事がしたい、かな」

考えはまとまっていない。だけれどあの人のように、仕事に誇りを持って向き合える大人になりたい。それだけは、僕の中で固まっていた。

漠然とした回答をしたら、友川は素っ頓狂な声を出した。

「なんだそれ。お前今、テキトーに答えただろ。実はなんにも考えてないな？」

「ああ、バレちゃった」

真面目に答えたつもりだったが、恥ずかしくなったのでそのままごまかしておいた。

アンケートを四つ折りにして、リュックサックに突っ込む。将来のことなど、考えるのが面倒くさい。このアンケートのことも、このままリュックサックの隅っこに封印して、忘れてしまいたかった。

友川が脚を組み直す。

「ところでお前、獣だらけの町には慣れたか？」

急に振られて、どきっとする。思わず栗住さんの席を確認したが、彼女はもう下校したあとだった。

学校で獣民の話をするのは、友人たちに獣民への誤解を招きかねない。栗住さんは、弟に奇異の目を向けられることを恐れている。僕は彼女から、余計なことを喋るなと釘を刺されているのだった。だから、友川にも町での出来事はなにも話せていない。

「順調だよ。それより友川、さっきの授業の……」

栗住さんの言いつけどおり、僕はさらっと受け流して話を変えようとした。しかし、友川は流されない。

「嘘つけ。本当はうまくいってないんだろ」

突如言い切られ、僕は口をぽかんとさせた。

「え？　そんなことないよ。町の人はいい人ばかりだし、友達だっているし」

「じゃあなんで、そういう話を一切してこないんだよ」

友川が少し、声を荒らげる。

「最初の日は、ウサギと知り合ったって喜んでたじゃねえか。だけどそれ以降は全然獣民との交流について喋らない。想良なら、ウサギと知り合ったならその子のこと話したがるはずだ！」

友川の人差し指が、僕の額に押し付けられた。

「お前が喋らないのは不自然なんだよ。言わないだけで、獣民にいじめられてるんじゃないのか？」

「な⁉　そんなわけ……！」

このとき、僕はやっと気がついた。栗住さんは、獣民が誤解されるようなことは言うなと、余計なことは喋るなと言った。だが、口を閉ざすということは、それはそれで誤解を招く。僕が獣民の町になじめていないのではと、友川に心配をかけてしまった。

これはもう、黙っておけない。

「じゃあ語るよ！　覚悟しろよ、友川！」

僕はそう前置きし、ずっと言わずに溜めていた花芽町での日々を思いきり吐露した。一生懸命パンを焼くウサギや、おじいちゃんハムスター、姉御肌なキツネ、泣き虫のヒツジにブーケを作るハイエナ。栗住さんの言いつけを破り、話したいことを全部話した。

友川は、飽きることなく話を聞いてくれた。

「おい！　なんなんだよ、めちゃくちゃ楽しそうじゃねえか！　無駄な心配かけさせやがって」

「だからそう言ってるだろ！」

「だって全然話してくれないから。よっぽどつらい思いしてるんじゃないかと思ったんだよ」

大きなため息と共に、友川が机に突っ伏す。

「俺さ、獣民のこと全然わかんないから、お前がどんな生活して、どんな目にあってるのか、まったく想像できなかったんだよ。いくら『獣民には人権がある』『ノーマルと変わらない』って言われたって、あれだけ外見が違えばすんなり受け入れられない。人間に近い脳みそがある、でかくて厄介な獣に見えるんだよ」

「そんな言いかた……！」

僕は友川に怒りかけて、途中で止めた。そうだ、ちゃんと知らなければ、そう思ってしまうのは無理もない。僕だって最初は、あの町の雰囲気に戸惑ったではないか。

友川が目を伏せる。

「今、想良から話を聞いて、ちょっとだけ理解できた気がする。動物っぽいけど人間に近くて、人間にしては動物っぽい。ちゃんと文化があって、良識もある。あくまで外国との異文化交流くらいの違い。そういう人たちなんだな？」

「そう……そうなんだよ！　そうそう！」

言いたかったことがしっかり伝わっている。僕は感激して、繰り返し頷いた。

栗住さんはああ言ったけれど、むしろ、僕が出会った獣民のことをありのままに話したことで、友川に獣民を知ってもらえた。

僕は引き続き、あの町の生活を友川に聞いてもらった。話したいことが溢れて止まらない。イルカのナギサも、こんな気持ちだったのかな。

理解してほしいと思うなら、誤解を広げないように黙っているだけではだめだ。獣民と共存する僕の視座から、ありのままの彼らを伝えるべきなのだ。それに、僕の町の人たちは、隠しておいたらもったいない。

これまであったことを夢中で話しているうちに、ナギサの話に突入した。

「——でさ、イルカの体を持ったナギサっていう獣民が海でひとりぼっちになってるんだよ。寂しがりだからできるだけ会いたいんだけど、日中僕は学校だし、ココはお店がある。しかも町から入り江まで距離があるんだよね」

海まで会いに行きたい気持ちはある。だが、僕も学校帰りでへとへとなときは、山を下りて会いに行くのは大変だ。ココだって、そうそう店を閉めて行くわけにもいかない。結論から言って、毎日通うのは無理だ。

「なんかさ、海洋獣民は血の繋がった家族と一緒に暮らせなくて、それだけでも寂しそうなんだよね。その上今、なにもなくなった海中の町の残骸で、日がな一日ひとりで過ごしてるって考えるとかわいそうでさ。仲間が来るのを待つしかないから、どうしてあげることもできない。陸の人に会いたいって言うけど、その海岸はめちゃくちゃ閑散としてて誰も来ないし」

友川が真剣な面持ちで頭を捻る。

「じゃあお前とココの他に、誰か暇そうな奴に、ナギサと友達になってもらえば？」

「いや……それが……」

僕も、それは考えた。しかし、ココと一緒に店に戻ったあと、僕らは現実の難しさを知ったのだった。

「実は、ココのお店でマルとアヤノに会って、ナギサのことを話したんだ。でもふたりとも、ココみたいに食いついてこなくて……」

そうだったのだ。ふたりにもナギサに会ってほしかったのだが、マルもアヤノも行くのを渋ったのである。考えてみたらたしかに、「見知らぬ人に会ってほしい」「そのために距離がある上になにもない場所に来てほしい」なんて、よほど暇な人でないと来てくれない。たぶん、僕がマルとアヤノ側の立場でも拒んだだろう。ココはお節介だから、会いにいってくれたまでだ。

「海の方はお店も遊び場もなんにもなくて、ナギサ以外に行く目的がないってくらいつまんない場所なんだよなあ。あれじゃ誰かに来てもらうのも難しいよ」

「でも、イルカがかわいそうだな。仲間とはぐれたってだけでも不安だろうに。とはいえ、俺はなにもできないけどさ」

友川が鞄を肩に引っかけ、立ち上がる。帰ろうとした彼は、思い出したように声色を変えた。

「あのさ、想良。さっきの、進路の話だけど」

鞄のポケットからはみ出した、進路のアンケートを一瞥して言う。

「獣民の研究をしてる大学があるらしいぞ。獣民の生態とか、遺伝子のことから、獣民が生活しやすい社会のことまで、勉強できるところ」

「そんなのあるんだ」

机の天板に頬をつけていた僕からは、妙に低い声が出た。

獣民の研究か。学術的に彼らを知れば、僕ももっと正しく、ココに接することができるのかな。

友川が人の減った教室を見渡す。

「でも日本にはひとつしかない。しかも北海道」

「北海道⁉」

思わず跳ね起きた。意外に遠い。

「保護地区がこの辺りにあるのに、大学はそんなに遠くにあるの？」

「もともと獣民保護地区は、自然が豊富で動物が多い地域に設置されるものなんだよ。それこそ北海道なんかは、日本最大の獣民保護地区がある。大学が北海道にあるのも、そういう関係じゃないか？」

「そっかあ……北海道か。そうか」

僕はぺたんと、机に顔をつけた。

獣民のことは、興味がある。獣民の本質を知るには、やはり学問として理解しなくてはならない。

しかしその大学に通うならば、花芽町からは通えない。実家からも遠い。北海道に住むことになる。北海道の獣民保護地区は大規模なもののようだし、獣民と直にふれあうにも申し分なさそうだ。花芽町の獣民ともっと親しくなるためにも、一旦花芽町を離れ、北海道で学びを得るべきなのか。

いや、しかし。たしかに僕は獣民に興味があるが、大学で学ぶほどなのか。他にもっと学ぶべきことがあるのではないか。わざわざ大学まで進んで学ばなくても、花芽町の獣民と暮らしていれば、感覚的に彼らを理解できるのでは。そうであれば、選択する大学は別の分野にした方がいいのか。

そこまで考えて、僕は途中で頭を使うのが億劫になった。大事なことというのは、どうしてこうも総じて面倒くさいのか。

友川が僕を見下ろしている。

「興味あったら、進路指導の先生に聞いてみれば」

「考えとく」

机から漂う独特の匂いがする。将来のことなんて、もやがかかったみたいに見通せない。僕はゆっくりまばたきをして、考えているふりをした。

友川があー、と低い声を出す。

「想良の話聞いたら、俺もちょっと獣民に興味湧いてきたかも。まあ、そういう学校に行くほどではないけど」

「おいでよ花芽町」

僕はぽつっと返し、そして勢いよく顔を上げた。

「あっ、そうだ！　友川が来てよ！」

「ん？　なに？」

友川の糸目がこちらを見る。僕は椅子から立ち上がり、友川に詰め寄った。

「ナギサのとこ！　友川、どうせ暇でしょ？」

「は⁉　今から⁉」

　友川の糸目がちょっと見開かれる。

「そりゃあ、イルカは寂しそうでかわいそうだとは思うけど。バスで四十分かけて花芽町で降りて、そこから山を三十分くらい下るんだろ。遠いよ」

「そうだけど！」

「それに、会ったところでうまく接することができるかわからんぞ。俺、獣民のこと気にはなるけど、よく知らないから。失礼なこと言って怒らせるかもしれない」

「それは僕もそう。初めの頃、ココに不躾なこと言っちゃったし。今も、無意識に傷つけてるかもしれない」

　花芽町で暮らしはじめて数日。初日に比べればいろいろなことがわかってきたけれど、まだまだ日々、新発見の連続だ。言い換えれば、わかっていないことだらけなのだ。感覚としては、日本に住んでいる外国人と触れ合うような、そういった手探り感がある。ココが言わないだけで、知らず知らずのうちに無神経な言動を取っているかもしれない。僕でさえそう思うのだから、まして獣民と関わったことのない友川は、より手探りだろう。

　そして改めて、僕は思った。獣民という存在は、花芽町の外には全然浸透していないのだと。

「でもだからこそ、会って話してみたいと思わない？」

「お前……本当に勢いだけで生きてるよな」

友川の声は、感心と呆れが入り混じっていた。僕はもう、友川を引きずってでも連れて行きたい気分だった。

「お願い！　『プティラパン』のパン、奢るから！」

このひと言で、食べ盛りの友川は一気に陥落した。

「本当だな？」

「……二個まで」

「もうひと声」

「三個！」

「よし」

そうして僕らは、鞄を抱えて教室を飛び出した。

＊　　＊　　＊

学校からいちばん近いバス停で花芽町行きのバスに滑り込み、揺られること四十分。僕と友川は、花芽町の中心に降り立った。初めてこの町を訪れた友川は、まず絵本のような町並みに驚き、歩いてきた獣民に驚き、何度も息を呑んでいた。

僕はそんな友川に手招きをする。

「じゃ、まずは約束のパンを」

海に向かう道程に、『プティラパン』に寄る。まだぽかんとしている友川は、辺りをきょろきょろ見回しながら僕についてきた。なんとなく、自分がこの町に来たばかりの頃を思い出す。たぶん僕も、傍から見たら今の友川みたいな顔をしていたことだろう。

『プティラパン』に着くと、ガラス窓の向こうにココの耳が見えた。相も変わらず静かな店内に、彼女の影だけが動いている。僕は扉を開け、同時に挨拶をした。

「ココ、ただいまー！」

「おかえり、そしていらっしゃい。あら！　今日はお友達と一緒？」

ココが友川に気づく。喋るウサギを前にして、友川はやや戸惑いを見せた。

「は、初めまして……想良から、お噂はかねがね」

「想良くん、宣伝してくれたの？　ありがとう」

やけに固くなってしまう友川の反応は、獣民にとっては別段珍しいものでもないのだろう。ココは照れ笑いするだけだった。僕はココに、友川を紹介した。

「こいつは友川。中学からの友達でね、暇そうだったからナギサに会ってもらおうと思って引っ張ってきた」

「そう！　友川くん、想良くんがいつもお世話になってます」

ココが丁寧に頭を下げると、友川もぺこぺこお辞儀した。

「こちらこそ！　想良が迷惑かけてませんか？　こいつ、やんちゃというか手がかかるというか、アホだから……」

「なんでふたりとも僕の保護者みたいになってるの」

参観日のお母さん同士の挨拶を見ている気分だ。

ココがカウンターから出てきて、店内の棚の一角を手で指し示す。

「今日のお勧めはこれ！　カスクルート」

「カスクルート？」

ココが紹介してくれたそのパンは、野菜が挟まったバゲットだった。

「サンドウィッチの一種だよ。フランス語で、軽食とかお弁当って意味の言葉なの。日本では、バゲットのサンドウィッチのこととして知られてる。当店のカスクルートはお野菜たっぷりです」

ココが誇らしげに勧めてくる。バゲットからはみ出すレタスやトマトは、色鮮やかで瑞々しくて、パンが着飾っているみたいに見える。僕はすかさずトレーとトングを持ってきて、ココお勧めのカスクルートをひとつ、トレーに載せた。

「決めた、今日はこれにする！」

「俺も。それと、あとこのくるみパンと、それと……どれにしようかな。どれもうまそうだ」

僕の奢り予定の友川も、パンを選んでいく。迷う彼に、ココが楽しげに寄り添う。

「お惣菜系と甘い菓子パン、どっちで攻めたい？」

「じゃあ、塩気があって腹に溜まる惣菜系！　ココさんのお勧めは？」

「こちら！　サバフライホットサンド」

ココが短い足でテテテッと駆け足し、サバフライホットサンドの前に立つ。友川がのんびりココを追いかけて、へえと感嘆した。

「それにしようかな」

「それおいしいんだよ！　僕も欲しい」

友川に釣られて、僕も自分の分のホットサンドを取る。

ココの親しみやすい風貌と性格もあってか、会計を終える頃には友川はすっかり緊張がほぐれていた。ココに別れを告げ、僕らは店を出た。友川が、夕空を見上げる。

「想良が言ってたとおり、獣民って、思ってたよりずっと普通だな」

そう言ってから、小首を傾げる。

「いや、普通って言うと、〝普通〟ってなんだろうって思うけど。自分の基準に当てはまらない人を〝普通じゃない〟っていうんじゃなくて。なんていうか、獣民は俺らとはやっぱり違うんだけど、その違いもひっくるめて、いい奴なんだなって思う」

「わかる。言いたいことはわかる」

友川にわかってもらえたのが嬉しくて、僕はしきりに頷いた。友川が手に持った、パン工房の紙袋の中を覗く。

「だけどひとつ不満がある」

「なに」

「肉が食べたかった。獣民って、自分たちが動物っぽいから肉食に抵抗あるのか？」

友川の言うとおり、ココの店のパンは、肉類がほとんどない。サバフライが出てきたときはびっくりした。僕も宙を仰ぐ。

「うーん……。キツネのアヤノが肉も食べるって言ってたし、種類によっては人並みかそれ以上に肉を食べてるだろうね。けど、ココはウサギだから、そもそも肉を食べ物と認識してない可能性がある」

「それだとなんか物足りないんだよなあ。まあ、野菜のカスクルートもおいしそうだけどさ」

ココはウサギだから、商品は自然とウサギの好みそうなパンが多くなる。食べられないものも使って客層を一生懸命広げようとしているが、まだまだ行き届いていないのだろう。パンはおいしいのにお店が流行らない理由は、そういうところなのかなと思った。

＊　＊　＊

そのあと僕らは、山を下りなにもない道を歩き、ナギサに会いに行った。しかし着いた頃にはもう六時近くて、帰りのバスを考えたら友川はすぐに帰らなくてはならなかった。一応ナギサと顔は合わせたが、話す時間はろくに取れず、僕も友川を見送るため、早々に引き上げてしまった。結局、ただ見所のない道を駄弁《だべ》りながら散歩しただけになってしまったのだ。無計画に連れ出したから、当然と言えば当然だが。なお、ナギサを迎えに来るはずの仲間たちは、まだ来る様子がないという。

すっかり日が暮れた頃に宿屋『ほおぶくろ』に帰りつくと、公星さんがキッチンから顔だけ出した。

「お帰り、想良くん。おいで」

「ただいま。なにか用？」

靴を脱ぎつつ問う。公星さんはキッチンから出てきて、腕に抱えたバスケットを呈してきた。

「じゃん。お昼に田貫農園のご主人が来てな。牧草盗難事件で想良くんに世話になったとかで、お礼にこれをくれたんだ」

公星さんが持ったバスケットの中には、きらきら潤んだイチゴがたっぷり詰まっていた。

「うわあ、おいしそう！」

「たくさん収穫できたそうでな。パン工房のココちゃんや、他にも協力してくれた人に配っておるそうだ。旬の摘みたてイチゴだぞ」

表面がぴかぴかと艶めいていた、見事なイチゴだ。ヘタの周りから先っぽまで、ムラのないきれいな赤で、つぶつぶまで真っ赤に染まっている。僕はバスケットを受け取るなり、イチゴをキッチンの流しで洗った。

「嬉しいなあ。公星さんも食べるよね」

「ご一緒していいのかい。ありがとう」

公星さんが目を細める。

「それじゃあ、今日は久しぶりに屋上に出ようかね」

「屋上？　あったの？」

「ついておいで」

公星さんに促されるまま、僕は洗ったイチゴを持って彼についていった。奥の階段を上り、二階に出て、さらに上へと進む。階段の上には南京錠のかかった木の引き戸があり、公星さんはその鍵を外した。戸を開けると、ひゅっと涼しい風が吹き付けてきた。

宿屋の屋上は、八畳ほどの広さの広場だった。隅っこにベンチがちょこんと置かれている以外、なにもない。明かりは僕がいる建物の中の光が漏れているほかにはなく、戸を閉めたら真っ暗になってしまいそうだった。

先に外へ出て行った公星さんを追って、僕も戸をくぐる。そしてその先の景色に、わっと息を呑んだ。

見渡す限りの山々の影と、その真上に広がる星空。遠くには海の欠片も見える。天空には吹き付けたような星と、微笑むような細い月が浮かぶ。強い春風が吹いて、雲を押し流していく。

公星さんの毛も、そよそよと揺れていた。

「どうだい。たまには月の下でおやつにするのも乙だろう」

公星さんがちょんとベンチに座る。暗いせいで、シルエットしか見えない。姿がほとんど見えず声だけ聞いていると、ハムスターだったことを忘れてしまいそうだ。

僕も、戸を開けっ放しにして彼の横に腰を下ろした。

「こんな場所があったんだ。涼しくて気持ちいい」

「そうだろう？　数年前までは、よくここで旅人の話を聞かせてもらったものだった。この頃は歳をとって足腰が弱くなったから、ここまで階段を上ってくるのが面倒になってしまったんだがな」

旅人、というのは、この宿に泊まった宿泊客のことだろう。僕は膝にイチゴの皿を置き、真っ赤な実をひと粒、口に入れた。ぎゅっと実が締まっていて、甘い。公星さんが星空を見上げている。

「旅の話はわくわくするね。わしも若い頃は、あちこちを旅して回ったものだった」

「へえ！　旅行好きだったんだね」

「ハムスターって、滑車を回すだろう？　あれはハムスターが、一晩で何キロも移動する動物だからなんだ。ハムスター獣民のわしにも、おそらくその体質が残っていたんだな。歳をとってからは、宿屋の主人として旅人から話を聞くのが楽しみになっている。行きずりの彼らと交流すれば、一介の宿屋主人の自分も、その旅の一部になったことを実感できるからね」

そうか、だから公星さんは、旅行客が集まる宿屋をしているのか。公星さんは自嘲気味に笑った。

「とはいえ、こんな片田舎の宿屋だ。旅人なんて、そう来るものじゃないがね。まあ、年金暮らしの年寄りの道楽みたいなものさ」

たしかに、と僕は思った。僕がここで暮らすようになってから、お客さんが入っているところを見たことがない。僕はふたつめのイチゴを取った。

「どんな旅人がいたの？」

「傷心旅行で日本列島一周を目指していた青年、獣民の研究で世界を飛び回っていた学者。あと、動物嫌いを直そうとして、この町に来た下宿生。いろんな価値観のいろんな人から刺激をもらったよ。世界は広いなと感じさせられるね」

公星さんも、イチゴを手に持つ。

「なにに傷心したのか。なぜ学者になったのか。どうして動物嫌いを直そうと思い立ったのか……。話を聞いていると、それぞれにドラマが見えてくる。どんな人も、生きてきた軌跡という物語を抱えて、人生を旅している。わしはその欠片を、ちょっとだけ見せてもらうのが好きなんだ」

暗くて表情は見えないが、公星さんがイチゴを小さく齧ったのはわかる。僕はイチゴを舌の上で転がして、公星さんの話に耳を傾けていた。

「そういうこと掘り下げて聞くのって、怖くない？」

「ん？」

「だって、深く穿ってしまったら、その人の心の柔らかい部分に触れちゃうかも」

僕は公星さんの影に尋ねた。僕だったら、ちょっと聞けないかもしれない。繊細な事情に触れてしまったらと思うと、怖くて聞けない。

僕は粗略な性格を盾にして、いろんなことから逃げてきた。仲のいい友人であろうと、深くは関わらない。そんな自分を知られるのが嫌だから、さらに逃げるのがうまくなる。

公星さんははっと笑った。

「根掘り葉掘り聞くわけじゃないさ。相手から話してくれるのを待つんだよ。この先一生会うことはないであろうハムスター相手なら、案外、人は心の内を明かしてくれる」

のんびりした声が、春の風にそっとさらわれていく。

「むしろ、アニマルセラピーみたいにどんどん話してくれるぞ！」

「自分でアニマルって言った」

「想良くんの話も、聞かせてくれるかい？」

公星さんは冗談ぽく言った。

「僕の？　僕の話は、公星さんが期待してるようなおもしろい話じゃないよ。ただ、遠くの高校に入学して、学校の近くに住むために家を出てきたってだけ」

僕の声はすんと、夜の闇に吸い込まれた感じがした。ココに話したようなことは、あのとき弾みで話してしまっただけで、意図して口にするのは躊躇する。自分の中にある脆《もろ》い部分を人に見せるのは、格好つかないから嫌なのだ。

公星さんは、話そうとしない僕にはそれ以上突っ込んではこなかった。代わりに、話題を切り変える。

「町はどうだい？　慣れてきたかな」

「うん。すごく楽しいよ」

「そうかそうか。来たばかりの頃は明らかに戸惑ってたから心配したんだぞ」

公星さんがくすっと笑う。僕はしばし宙を仰ぎ、正直に言った。

「気づかれてたか。今だから言うけど、花芽町が獣民の町だなんて知らなくて、めちゃくちゃ狼狽した」

「ははは、やっぱりな！　そうだと思った。でも想良くんはどこでもなじめそうな性格だからな、きっと大丈夫だろうとも思ったよ。ココちゃんも君が来た日から、なじめるか心配してたみたいだしな。あの子は世話好きだからなあ」

豪快な笑い声が、高い星空の下で反響せずに消える。

「まあ、困ってることがあったらわしに話してくれると嬉しいかな。せっかく親戚なんだし、こうして同じ屋根の下で暮らしてるんだから」

公星さんの優しい声は、やけに安心感を誘う。僕はイチゴを口に放り込もうとして、途中で止めた。

「困ってることと言えば、ひとつ相談があるんだけど」

僕は海から覗くナギサの顔を思い浮かべた。

「この前、海でイルカの獣民と知り合ったんだ」

「ほう！　珍しいな」

「うん。それで、そのイルカは今、仲間とはぐれてひとりぼっちなんだ。けど、海から出られないから友達もできない。どうしてあげたらいいのかな」

「ああ、わかるなあ。その寂寥感《せきりょうかん》……」

　公星さんが短い腕を組んだ。

「わしが若い頃は、獣民保護地区なんてものはなかったから、周りに自分と同じような獣民がいなくて、寂しい思いをさせられた。家族と衝突してばかりだったし、いじめられることもあったし、まともな恋愛もできなかった」

「そうなんだ……。ナギサも、小さい頃から家族と離されたって言ってた。体が違うってだけで、なんでそんなにつらい思いをさせられるんだろう」

　僕がぽつっと漏らすと、公星さんは、イチゴをもそもそと齧って話した。

「体が違うだけ、だが、体が違うというのは、それだけハンデがあるということなんだ。わしら獣民は、ノーマルと対等な生活を望んでも、ノーマルと同じように器用な暮らしはできない。普通の人と、そうでない人。その区別は大事だ」

　公星さんの言葉は、酸いも甘いも噛み分けた重みを感じさせた。

　以前、ココが獣民に生まれたことを「運が悪い」と言っていた。彼女もきっと、いろいろな苦い経験を乗り越えてきたのだろう。そう考えると、僕の「運がいいね」という発言は、いかに無責任だったかと思い知らされる。

公星さんはイチゴを飲み込み、ひと息ついた。

「保護地区という制度ができてからも、ご近所同士うまくやっているように見えて、実のところお互いのことがわかっていない。上辺だけの関係を取り繕って暮らす者も多い。よくわからない動物の習性なんて知らないし、知ろうとして全部わかるものでもない。わかった気になってもいけない。お互いを知る努力をするのは、こんなにも面倒なことだ。だから獣民と人間、獣民同士、どちらにしても、体のつくりのせいでなじめない問題は、昔から解消されない」

星空が、妙に物悲しく見える。

「海から出られないイルカさんは、きっともっとだ。『自分がイルカじゃなかったら、陸を歩いて、想良くんに会いにいけたのに』って思ってるかもしれないね」

公星さんの穏やかな声が、胸にぐさっときた。ナギサと話せる時間を僕なりに作ってきたつもりだけれど、彼女がひとり寂しく待っている時間を思うと、やはり自分の不甲斐なさを感じてしまう。

公星さんも、寂しげに俯いていた。

「体の違いで周りと同じではいられないのは、どうしようもないことだ。けれどわしも、もし自分がハムスターじゃなかったら、心を見てもらえたのかな、なんて考えてしまうことは……今でもある」

言ってから、公星さんはごまかすように付け足した。

「それでも、歳をとってからはだいぶ整理がついてきたよ。まだまだ周りに期待するし、期待することは大事だが、ありのままを受け入れて諦める選択をすると楽になれる。ネガティブに聞こえるかもしれんが、これはむしろ、周りと自分に対して肯定的になってるんだ。『このままでもいいんだよ』って」

宿に泊まる旅人から、そこに至るまでのお話を聞いてきた公星さんだから言えることかもしれない。そう思ったらなんだか、僕は引力に負けたみたいに話しだしていた。この人に、僕の胸の内を聞いてほしい。

「あのさ、公星さん。僕、中学の頃に友達の友川って人から、失恋の嘆きを延々と垂れ流されたことがあるんだ」

「おお、青春だな」

公星さんが苦笑いする。

当時僕は、黙って友川の話を聞いていた。と言っても、気が済むまで話させてあげたという大人びた対応だったわけではない。単にびっくりして、なにも言ってあげられなかっただけだ。

僕は、イチゴをひと口齧った。この粒は、少しすっぱい。

「結構、衝撃的だった。仲良く遊んでた友川が、僕の知らないところでそんな熱い恋をしていて、悩んでて、しかも振られて落ち込んでるなんて。あんなに弱ってる友川を見たことがなかったから、なんていうか、見ちゃいけないものを見たような気持ちになった」

たぶん、あの日からだ。あの日から僕は、他人が胸の中に隠している部分を知るのを、反射的に避けるようになった。

「僕って、無責任だから。慰めようとしてかえって友川の傷をえぐってしまうかもしれないと思ったら、なにも言えなかった。友川の話を聞いてるだけでも、ここにいていいのかなって胸がざわざわして、いたたまれなくなっちゃったんだよね……」

友川が悪いのではない。彼が僕を信頼して弱さを見せてきたのに、それを受け止めきれなかった自分が情けなかった。気の利いたことを言えなかった自分に、幻滅したのだ。僕はここまで粗忽だったのかと。こんなにも、他人に向き合えていないものなのかと。

あの日を境に、僕は相手の本音を見ないように意識してきた。人の本音に向き合うのが怖い。だから、いろいろなことをいい加減にやり過ごして、逃げてきてしまった。

公星さんは、意外そうに感嘆した。

「ほう。想良くんはあっさりしてるようでいて、意外と感受性が豊かだな。傷ついた友人の話を聞いて、そこまで自分を振り返る人も珍しいんじゃないか」

「そうなの？」

「うん。だって、咄嗟にうまいことを言ってあげられないのは、ある意味当然だから。さっと気の利いた言葉を出せる人なんて、そうそういないんじゃないか」

公星さんの頬袋が、イチゴを取り込んで膨らんでいる。

「常套句のような言いかたになってしまうが、考えすぎだ。友川くんも、君に話せただけでよかったんじゃないかな。きっとひとりで抱えるには重すぎたんだ。励ましてほしかったというより、ただただ吐き出したいだけだったのかもしれん」

　僕は、星空を背にした公星さんの丸っこいシルエットを呆然と見ていた。公星さんは、こちらを向くでもなくイチゴを頬に詰めている。

「逆に、そこまで相手を思いやって臆病になる想良くんは、全然無責任なんかじゃないよ。君が相手の尊厳を守ろうとしてる証拠じゃないか」

「……そうなのかな」

　そんなこと、初めて言われた。僕はいつもいい加減で、人の話を真面目に聞かないでいた。公星さんは、まったりと柔らかな口調で言った。

「そうだろうよ。だって君は、ハイエナのメグちゃんの本当の気持ちに気づいたんだろう？田貫さんから聞いてるよ。今だって、イルカのナギサさんのことをちゃんと考えてる。わしは君のことを、粗忽だなんて思わない」

　僕は唇を噛んで下を向いた。膝の上には、イチゴの皿がある。引き戸の向こうから漏れる明かりを受けて、ルビーのようにきらきら潤んでいる。

「ハムスターって、人の心を見透かす力でもあるの？」

「ははは！　あるわけないだろう。おもしろいことを言うね」

　公星さんが吹き出す。そしてふうと、笑うのをやめた。

「艱難汝《かんなんなんじ》を玉《たま》にす！　君はまだ若い。これからまだまだいろんなことを知るだろうし、いろんなことを感じるだろう。胸に抱えていたものを捨てることがあれば、新たなものを拾うこともある。君は君のままで、心の内側が変わっていく。君の今のその悩みも、なにかのきっかけで君を大きく成長させてくれるよ」

公星さんの優しい声が、胸に染み込んでいく。僕はまたひとつ、イチゴを食べた。なんて単純なんだろうと、自分でも思う。僕の中に突っかかっていた小さな棘が取れかけている。僕はちょっとだけ、自分を許せた気がした。

「宿のお客さんが、公星さんにいろんな話をするのがわかる気がする」

「誰もがこうしてしっとり話したわけじゃないぞ。団体客が来たときは、この広い空間にテーブルをたくさん置いて、いろんな料理を作ってパーティを開いたこともある」

「わ、楽しそう！」

「楽しかったぞ！　初対面同士なのに、おいしい料理を食べながら愉快な話題で盛り上がった。あの晩は最高のひと時だった」

公星さんのテンションが高くなる。僕も釣られて、声が弾んだ。

「いいなあ！　僕も町の人ともっと親しくなりたいし、そういうの羨まし……」

言いかけて、途中で止めた。そうだ。僕は公星さんを振り向いて、彼の小さな手を両手でがしっと握った。

「それだ！　ありがとう公星さん！」

引き戸から漏れる明かりに照らされた公星さんの顔は、まんま驚いたハムスターのきょとん顔だった。

＊　＊　＊

あくる日の放課後、僕は全速力で『プティラパン』へ向かった。扉を開けて、挨拶より先に叫ぶ。

「ココ！　お願いがあるんだ！」

「もふもふさせて、だったら嫌です」

カウンターの向こうでつんとするココに、僕は飛びつかん勢いで駆け寄った。

「それもそうだけど今回は違うよ！　あのね、ある企画に協力してほしい！」

お店には、今日はマルとアヤノもいた。ふたりともパンを選ぶのを止めて、僕に注目する。

「想良じゃん。なんだ、騒々しいな」

「今日も元気だねえ。企画ってなに？」

僕はふたりにも目配せして、改めてココに向き直った。

「ナギサのいる入り江で、ピクニックパーティを開きたい！」

一瞬、店内に沈黙が訪れた。ココとマルとアヤノはしばらくぽかんとして、やがて呑み込んだココがぽんと手を叩いた。

「名案！」

「昨日、僕の下宿先のご主人と話してて考えついたんだ。遠足感覚で海に向かって、入り江に着いたら、ナギサと一緒にお弁当を食べるんだ。そのために、ココにお弁当用のパンを焼いていただきたい」

それを聞いて、アヤノは苦笑した。

「ピクニックって。あんた、頭の中お花畑じゃん」

しかしマルはというと、ぱあっと顔を輝かせていた。

「なにそれ、楽しそう！　パーティだったら俺も入りたい！」

そんなマルを横目に、アヤノが肩を竦める。

「あんたもお花畑かい。リス公は単純だね。さしずめあたしらを入り江に呼び込むための作戦でしょ」

アヤノにあっさり見抜かれて、僕はごまかし笑いをした。

マルやアヤノたちにナギサを紹介するにしても、入り江までは距離があり、着いても周りにはなにもない。どうやってあの場所まで来てもらうかが問題だった。

だけれど、そこまでの道程をハイキングとして楽しんだら。行った先でパーティを開いたら。マルやアヤノも興味を持ってくれるのではないかと思ったのだ。

アヤノが尻尾をふわつかせて、パン選びに戻る。

「まあね、策略に乗ってあげないことはないよ。ぶっちゃけおもしろそう。カフェのシフトが入ってない日だったら行ってあげるよ」

僕は内心で歓声を上げた。アヤノも乗ってくれたではないか。マルがかなり乗り気になっている。

「なあなあ、俺の友達も誘っていい？　ココの店のパンを食べたことない奴に、食べさせたいんだ」

「そういうのあり？　じゃ、あたしも友達呼んでいい？」

アヤノがマルに便乗し、僕も負けじと続いた。

「それなら僕も、学校の友達に声かけてみる！　それと、公星さんも！」

僕らの様子を見て、ココは若干驚きながらも嬉しそうに耳を立てた。

「それじゃ、パンをたくさん焼かないとね。ピクニックメニューって、どんなのがいいかしら」

このとき僕はまだ、このイベントが町規模にまで拡大するとは思ってもいなかった。

＊　＊　＊

その週の土曜日、春風吹く晴れた入り江。

「こ……こんなに集まるとは」

海面から顔を出し、ナギサはびっくりしていた。

「たくさん集まったとは聞いてましたが、まさかここまでとは思いませんでした」

ココが浜辺にレジャーシートを広げつつ、こそばゆそうに微笑む。

「私もここまでは想定してなかった。最初は、想良くんとマルくんとアヤノちゃんと、ナギサちゃんと私だけの予定だったのよ」

入り江には、五十人もの獣民とノーマルの人が集まっている。砂浜にレジャーシートが広げられ、バーベキューセットなんかも設置されている。各々が持ち寄った食材やお菓子や飲み物を、人によってはお酒まで、レジャーシートにちりばめて談笑していた。マルやアヤノの友達に加え、その他にも花芽町で暮らす大勢の人が集まっているのだ。

事の経緯は、僕がココにピクニックパーティの相談を持ちかけた日の翌日に遡る。マルの友達がさらにその友達を呼び、さらにその友達がと、友人を七人も誘った。アヤノも職場のカフェのお客さんにまで声をかけたようで、想像より多く集めてきたのだ。

規模が膨らんできたので、ココは人数を把握するために名簿を作りはじめた。それを見た別のお客さんが参加を申請してきて、やがてマルがポスターを作りだし、ついに花芽町じゅうに企画を知らしめることとなったのだ。おかげで子連れの家族や興味本位の住人も参加し出して、こんな大所帯になってしまった。

ココはこの大人数を賄うため、おおわらわでたくさんのパンを作った。メニューは、ホットサンドとカスクルートだ。

ホットサンドは、ココが持ってきたキャンプ用のホットサンドメーカーでその場で焼き上げる。カスクルートは、野菜やチーズ、きのこや木の実やお肉まで様々な具を用意して、食の好みに偏りがある獣民でも楽しめるようになっている。

波打ち際では、マルの友達の野ネズミの獣民が、ナギサにサバフライのホットサンドを食べさせている。

「君がイルカかあ。顔はイルカじゃないんだな」

「はい！　あなたはなんの獣民なんですか？　私、陸の生き物知らなくて……」

「俺は野ネズミだよ。でね、マルはリス！」

彼以外にも、ナギサの周りには人が集まりはじめた。波の音、カモメの声、海の匂いの砂浜に、人々の笑い声が重なる。先日までの静けさが嘘みたいだ。

僕はというと、岩場に座ってカスクルートを食べていた。僕が選んだカスクルートは、カリカリに焼き上げられたバゲットに、レタスとトマトとスモークベーコンがぎっしり挟まれているものだ。潮風の中で食べるそれは、とびきり贅沢に感じた。

隣には、コヨーテという小さいオオカミみたいな獣民が座っている。

「旨いな、このパン。正直、運動不足解消にハイキングのつもりで参加したから、こんな旨いパンを食べられるとは思ってなかった。どこの店の？」

よく喋る気さくなおじさんで、初対面の僕にフレンドリーに問いかけてきた。このパンを褒めてもらえたことが無性に誇らしくて、僕は揚々と答えた。

「『プティラパン』ってお店だよ。このピクニックパーティの主催者」

ナギサのそばでホットサンドを焼くココに目配せをする。忙しそうだったココだが、ちらっとこちらを向いてにこっと目を細めてきた。耳のいい彼女には、今の会話が聞こえたのだろう。僕はコヨーテのおじさんにしたり顔で語った。

「このカスクルートは、僕も作るの手伝ったんだよ」

「君が？」

「『プティラパン』の店主はウサギの獣民だから、食べられないものが多くてね。僕はウサギの苦手な具を、店主の代わりに選んで挟んだんだ」

カスクルートは、僕とココとで作った。ピクニックといえば、具沢山のサンドウィッチだ。せっかくだから『お弁当』という意味の名のカスクルートを、ピクニックのお弁当として用意しようと決めたのである。

企画の初期段階では、中身の具はマルやアヤノの好みにだけ合わせればよかった。だが、ポスターの呼びかけでこのコヨーテのような猛獣系の獣民も参加することになった。友川も物足りなさを訴えていたし、多くの人を満足させるためには、具材の幅を広げる必要がある。ココが苦手とする肉類やチーズのカスクルートは、僕に担当させてもらったのだ。

「そうかあ。こんなおいしいパンの店があったのか」

ココヨーテが鋭い牙を覗かせながら、カリカリのバゲットを嚙み砕いている。ちょっと凶暴そうな顔だが、友好的な性格のおかげで怖くない。むしろ、耳がもこもこふっくらしていて、かわいいなとさえ思ってしまう。

数メートル先では、トラとジャッカルの獣民がバーベキューをしている。その周りには、トウモロコシを焼いてもらったイタチの獣民と、ごく凡庸な外見のノーマルな人間の学生が数人、一緒になって騒いでいた。

「ほら小僧ども、肉が焼けたぞ」

「わあ！　旨そう！」

紙皿に載ったお肉をトラから受け取って、ノーマルのひとりがこちらに向かって手を振る。

「想良！　お前も来いよ！」

僕を呼ぶのは、友川だ。

マルやアヤノが友人を募ったと言ったが、斯く言う僕も、クラスの友達が思ったより興味を示してくれた。友川のそばでは、後藤や他の友人たちも、焼きたてのホットサンドや具沢山のカスクルートを味わっている。

ココーテが鼻先をぴくぴくさせた。

「あのノーマルの子たちは？　花芽町の子の匂いじゃないな」

「僕の学校の友達。花芽町の外からの参加だよ」

「へえ。俺たちを怖がらないのか」

ココーテが珍しそうに白金の目を見開く。僕はトラとジャッカルと共にわいわいやっている友人らを眺めていた。

「最初は怖がってたけど、バーベキューがおいしそうだったから、あっさり釣られたみたい」

彼らは最初こそ、猛獣の獣民に近づこうとはしなかった。猛獣に限らず、獣民とは一定の距離を取って様子を見ていたのである。しかし一度ココと話してなじんだ友川が輪に溶け込んでいき、他の友人を引っ張っていった。今では猛獣たちのバーベキューに仲間入りして、すっかり打ち解けている。

ココーテはカスクルートを頬張り、自嘲的に言った。

「我々猛獣系の獣民は、なにしろ怖がられる。ノーマルからだけじゃなく、獣民からもだ。俺らが人を襲って食うことなんかありえないのに怯えられる。まあ、こんな強面《こわもて》だからかもしれないが」

僕は初めてアヤノに会った日のココを思い浮かべた。アヤノが「ココをパクッと食べちゃいたい」なんて冗談を言ったら、ココが本気でぞっとしていたのを覚えている。恐怖は身を守るための本能だ。猛獣が間近にいれば、危険を感じるのは当然のことである。

だが獣民に関しては、猛獣そのものなのは顔だけであって、彼らには理性がある。それを理解すれば、案外こうしてココーテと隣り合ってカスクルートを食べたりできるものだ。

僕の友人たちも、トラやジャッカルの獣民から、彼らの人間らしさを感じ取ったのだろう。怯えた表情はきれいに消えている。それでいて、彼らの獣の体を慈しんでいるのか、尻尾を撫でてみたり大きな肉球と握手したりして大いに沸いていた。

コヨーテが感慨深そうに目を閉じる。

「よそから来た人たちに、あんなふうになじんでもらえたことなんてない。どうせわかってもらえないと思ってとっくに諦めていた。君の友人は素敵な人たちだな」

「僕の友達の適応力がすごいのか、獣民の人たちが気さくだからなのか、食べ物がおいしいからなのか……。ともかく、獣民が怖いものじゃないって通じたみたいだね」

僕も、そうっとコヨーテの尻尾に手のひらをかざした。撫でてみたら、コヨーテはびっくりした顔をしたが、すぐに尻尾を岩の上に寝かせて僕に自由に触らせてくれた。ふわふわしつつも少しちくちくした、ワイルドな毛質だ。

「『プティラパン』って店は、どこにあるんだ？」

コヨーテに尋ねられ、僕は反射的に背筋を伸ばす。

「町外れにひっそりと！　ホットサンドとカスクルート以外のパンもすっごくおいしいから、来て！　知らないのもったいないよ！」

熱くなって全力でお勧めしたら、コヨーテのおじさんは持っていたカスクルートを食べ切って、開いた両手で僕の顔をぐわっと挟んできた。一瞬、食われるかと思った。

しかしコヨーテは、肉球のついた手で僕の頬をむにむにしただけだった。

「ははは。もちろん行くよ」

温かい肉球がぷにっとしていて気持ちいい。コヨーテの方も、僕の頬の感触を楽しんでいる。僕らが獣民の体を珍しがるのと同じで、獣民もノーマルの人間のほっぺたがおもしろいみたいだ。

恐れてしまうのは、危険察知の本能が働くからだ。だから、このびくっとする感じとうまく付き合っていくのが、獣民と友誼《ゆうぎ》を結ぶコツかもしれない。

コヨーテはひとしきり僕の頬を弄ぶと、新たな食べ物を取りに行くために立ち上がった。僕もカスクルートを口に詰め込み、バーベキューをする友人たちの方へと走り出す。

波打ち際を通り過ぎるとき、ナギサと公星さんを見つけた。嬉々として語るナギサのそばで、公星さんが小さな背中を丸めている。僕は立ち止まって、ちょっと離れた位置からふたりの様子に注目した。

「海の世界はとってもきれいなんですよ。青くて、深くて、無重力みたいに体が自由で。小魚の群れが突っ込んでくれれば、まるで流星群の中を泳いでる気分。深く深く潜れば、まだまだ知らない世界が、どこまでもどこまでも続いてる……」

ナギサが瞳を輝かせて、自分の見てきた景色を自慢げに話す。公星さんの方は、うっとりと目を閉じて聞いていた。旅行が好きで、旅人の話を聞くのが好きな彼は、ナギサの見てきた海の世界に、静かに思いを馳せているのだろう。

僕は公星さんが宿の屋上で話していた旅行客の話をきっかけに、このピクニックパーティを思いついた。そしてあのとき、その場で真っ先に、公星さんにこの企画を提案した。マルやアヤノを入り江に呼んでパーティをしたら、ナギサもきっと喜んでくれる。そう考えたのと同時に、ナギサの話を公星さんに聞いてほしかったのだ。

公星さんは、僕の企画に賛成してくれた。しかし、歳を取って足腰が弱くなったので、遠出は大変だとも言う。それでも彼は今日、この場に現れてくれたのである。

最初は僕がゆっくりと、公星さんの歩幅に合わせて歩いた。だが山の途中でクマの獣民が気づいてくれて、公星さんをひょいっと抱き上げ、彼を肩に乗せて悠々と山を下ってくれた。クマの行動は他の参加者たちから喝采を浴び、公星さんも楽になって喜んだ。参加者の距離感は一気に縮まったのだった。

そんなクマ獣民の協力の甲斐あって、こうして公星さんはナギサに対面している。苦労した場面もあったが、満足げなナギサと公星さんを見ていると、やはり公星さんに来てもらえてよかったと思えてくる。

相好を崩す僕の背に、柔らかな声が届いた。

「大成功ね」

声の方を振り向くと、ココがゆっくり歩み寄ってきていた。手には野菜のカスクルートを持っている。

「すごいよ想良くん。ナギサちゃんは喜んでるし、町の人たちはパンや他の料理を通じて親しくなってる」

「ね！　やっぱりおいしいものが人と人とを繋ぐね」

ピクニックパーティが成功したのも、ひとえにココが頑張ってくれたおかげだ。ココはカスクルートをひと口齧り、飲み込み、投げやりな口調で言った。

「そうね。これだけ大成功なら、大赤字のことなんてもう気にしないわ」

「え⁉　参加費受け取ってないの⁉」

言ったあとに気づいたが、僕もココにお金を出していない。これだけ大規模になっていながら、ココはこれらのパンを無償で振る舞っていたのだ。

「ごめん、気がつかなかった！　どうしよう、後出しで徴収するわけにもいかないよな」

またやってしまった。後先を考えない大雑把な性格が災いして、ココに大変な負債を背負わせてしまった。しかしココはぱっと笑顔を見せる。

「冗談よ！　これは試食会ということで！　お店の存在を知ってもらうきっかけになったなら充分だよ」

それからココは、照れくさそうに目を伏せた。

「むしろ、想良くんには感謝してる。この場を私に任せてくれたこと」

「えっ？」

僕が聞き返した、そのときだった。レジャーシートに座っていた誰かが、ぽつんと声を上げる。

「なに、あれ」

僕とココも、会話をやめた。ナギサと公星さんのいる方向を向くと、遠い海にゆらゆら浮かぶ鰭のようなものが、いくつか見て取れる。

その瞬間、遠くで背鰭を見せていたものがパシャッと跳ね上がった。日の光に艶めく体は、するりとしたイルカの肉体だ。濡れた髪から爆ぜた雫が、きらっと星を生む。

ナギサもそちらに顔を向け、あっと叫んだ。

「私の町の仲間たちだ！」

引っ越しのためにこの入り江を離れていた、ナギサの仲間が戻ってきたのだ。

イルカの影が、群れを成して太陽の下をジャンプしている。水面から最高到達点まで、彼ら自身の体長の二倍以上は跳び上がっている。高く跳んでは着水し、大きな水飛沫を散らす。割れるような水音ときらめく海の飛沫に、浜辺のピクニック客はいっそう興奮を増した。僕も、わあっと歓声を漏らす。イルカって、あんなに高く跳べるのか。

「ナギサの仲間が迎えに来た。これでもうナギサも安心だよ！」

ココの背中をぽんぽん叩きながら、僕は海上に目を奪われていた。大ジャンプの軌跡が青空に弧を描く。弾けた飛沫が日差しを受けて、星屑のように反射する。美しくて華やかな光景から、目が離せない。

波打ち際では、ナギサがパシャパシャと水滴を散らして大きく手を振っている。

「おーい！　皆、私はここです！」

仲間にアピールした彼女は、くるりとこちらに顔を向けた。

「想良くん、ココさん。私、もう行かないと」

「もう？　せっかくだから、仲間たちも一緒にパンを食べていったら？」

僕が言うと、ナギサは寂しそうに微笑んだ。

「ただでさえ旅の予定に遅れが生じているので……」

「そっか。もしまた近くに来たとき、会えるといいね」

「はい！」

ナギサは僕らに頭を下げ、それから公星さんの顔を覗き込む。

「公星さん、私の話、聞いてくれてありがとうございました！」

「わしの方こそ。この歳になって、まだまだ見ぬ未知の世界の冒険談にわくわくできるなんて、こんなに嬉しいことはない。またいつか会えたら、旅の話を聞かせてくれ」

「ええ、いつか必ず！」

柔らかに微笑んだ公星さんに、ナギサは目に涙を溜めて頷く。彼女は集まった面々を見渡し、重ねてお辞儀した。

「今日は本当に、ありがとうございました。今日のことは、一生忘れません！」

ナギサの背後では、イルカの群れが今も水飛沫を跳ね上げている。晴れた海上に大ジャンプが披露されるたび、浜辺から歓声が上がる。

「ねえ、想良くん」

僕の隣で、ココが小さな声で言った。

「私、想良くんみたいになりたい」

一瞬、ココがなにを言ったのかわからなかった。耳に入って頭に届くまでに、数秒、時間がかかった。時間をかけて頭に届いても、やはり意味がわからない。僕は釘付けになっていたはずのイルカの群れから目を離し、ココの方を見た。

「……なんだって？」

ココは海のイルカを見つめて、黒い瞳に雫の輝きを反射させていた。

「想良くんって、単純だし会話は雑だし、勢いで行動してるよね。これ、すごく短所だと思う」

「なんで悪口言うの」

「以前想良くん、私たち獣民のことを『運がいい』って言ってたでしょ。獣民に同情して無理に前向きに捉えたんでもなく、素直にそう感じてるように見えた。能天気だなって思ったわ」

僕は以前、獣民の苦労を鑑みず、そんなことを言ってしまった。謝ろうと口を開けたが、声になる前にココが続けた。

「でも同時に、『そう考えればよかったんだ』って、視界が開けた感じがしたの。そうやって素直に直感的に、私の知らない、想良くんに見えてる見えかたを教えてくれる。想良くんのことだからあんまり深く考えてないんだろうけど……」

ココの瞳が、僕に動く。耳を少しだけ前に倒して、照れくさそうにはにかんでいる。

「眩しいくらい明るくて、あったかくて、想良くんはお日様みたいね。私も、そんなふうになりたいな」

あまりに唐突で、頭の中に大宇宙が広がった。

イルカのジャンプで弾ける波の音が、やけに遠く感じる。思考回路が停止した。二の句が継げない僕を、ココが静かに見つめている。そのボタンのような瞳に、ただただ吸い込まれそうだ。

君の目には、僕がそんなふうに映っているのか。そう思った途端、頬がぶわっと火照った。

「ははは……おもしろいことを言うね」

とりあえず先日の公星さんの真似で返す。頭の中が蒸気で満ちたみたいにぼうっとする。

僕はココから逃げ出すように、クラスメイトの方へと駆けていった。

休み明けの月曜日の放課後、僕は教室の窓からぼんやり校庭を眺めていた。頭がぼうっとする。ココがなんであんなことを言ったのか、未だによくわからない。

「眩しいくらい明るくて、あったかくて、想良くんはお日様みたいね。私も、そんなふうになりたいな」

冗談にしたって小っ恥ずかしい。おかげで今日は一日じゅう上の空だ。授業なんかこれっぽっちも頭に入っていない。

ココはときどき、拍子抜けするほど素直に心情を披瀝《ひれき》してくることがある。いや、むしろあれは僕の調子を狂わせてからかっていたのだろうか。そういえばいつだったか、僕が少し素を見せてしまったとき、戸惑う僕の反応をおもしろがっていた。天使のようなウサギの顔をした小悪魔なのか？

「想良、帰ろう」

友川が声をかけてきた。僕はリュックサックを背負い、席を立ち上がる。

ここのところ、僕は友川や後藤を含め、五人の友人たちと途中まで一緒に下校している。昇降口に向かって廊下を歩く。友川はいまだ、土曜の興奮が冷めやらない。

「獣民があんなにとっつきやすい奴らだとは思ってなかった。もっと獣っぽく直情的だと思い込んでたよな」

それを受けて、後藤が繰り返し頷いた。

「それにさ、あのイルカの群れ！　壮観だったな。俺、水族館で見るイルカショーすごく好きなんだけど、海で見るのも違ったすごさがあった！」

「トラの人、肉焼くの上手だったな」

他の三人も、土曜を振り返っては当日のようなテンションではしゃいでいた。

彼らは、僕がピクニックパーティに誘った友人たちである。初めて獣民と触れ合ったのがよほど楽しかったのか、今日は休み時間が来るたびにその話題で持ちきりだった。企画した僕が、得意になる以上に気恥ずかしいくらいだ。そうでなくても、ココの発言に今でも浮ついている。

後藤が自分の脚に、鞄を軽くぶつけながら歩く。

「昨日、花芽町に行ってきたよ。主催してた『プティラパン』って店のパンをもっと食べてみたくて。ウサギのお姉さんかわいかったな」

「え、来てたの？　なんだよ、言ってくれればよかったのに」

僕が唇を尖らせると、後藤はけらけらと笑った。

「お前がいると横からあれこれお勧めされそうで、じっくり選べなそう」

「それは否定できない」

「でさ、チョココロネを買ったんだ。あれ、すごく……」

後藤の話の途中で、僕はハッと固まった。チョココロネといえば、ココが味見できずに失敗していたパンのひとつだ。「すごくまずかった」と言われるのかと身構えたが、後藤の言葉の続きは僕の想像の斜めに逸れた。

「すごく、知ってる味だった。懐かしい味だったな」

「懐かしい……？　『プティラパン』のコロネ、初めて食べたんだよね？」

ぽかんとした僕を一瞥し、後藤が続ける。

「ばあちゃんちの近くにある、老舗パン屋のチョコココロネにそっくりだったんだよ。ガキの頃、よくばあちゃんにその店で買ってもらってたから、すっごく懐かしくてさ」

「へえ。なんて店？」

「なんだっけかな……」

そんなやりとりをしているうちに、昇降口に着いた。各々靴箱に手を入れて、靴を履き替える。

ふいに、僕は自分のスニーカーの上に、なにか乗っていることに気づいた。手のひらほどの大きさの、メモ用紙だ。半分に折り畳まれて鎮座している。どきっとして、手を引っ込めた。友川が気づいて、覗き込んでくる。

「手紙？　まさかラブレター？」

「そんな、今時？」

片笑みしつつも、僕もちょっとそわそわしてしまった。周りでは友人たちが果たし状か呪いの手紙かと冗談を交し合っている。

僕はどぎまぎしながらメモの折り目を開き、ピシッと凍り付いた。

書き込まれていた名前が目に飛び込むなり、諸々を悟る。楽しかったパーティとかココのこととか、そういうふわふわした感情は一瞬で吹き飛ばされた。動揺が目に出て、挙動不審になる。

「……ごめん、ちょっと用事ができた。先に帰るね」

僕は手紙をポケットに突っ込んで、スニーカーを足に突っかけ、昇降口を飛び出した。友人たちがざわついている声が、背中に届いてくる。

「まさか本当にラブレターだったのか……?」

僕は校門に向かって走り、心の中で彼らの声を否定した。残念ながらこれはラブレターではない。強いて言えば、果たし状がいちばん近いくらいだ。

＊　＊　＊

バスに揺られている間、進みの遅さにやきもきするような、着いてほしくないような、変な気持ちに襲われていた。座席で小さくなっていた僕は、手の中でメモを広げる。整った几帳面な文字が、整然と並んでいる。

『今日の帰り、花芽町バス停のそばにあるカフェに来てください。話があります。栗住』

おしまいに書き込まれた名前を見れば見るほど、億劫さが増す。十中八九、いや絶対、怒られる。僕は栗住さんに止められていたにもかかわらず、学校の友達を花芽町の獣民の集まるピクニックパーティに呼んだのだ。それがマルの姉である栗住さんの耳に入っていないわけがない。その上、クラスの友達は学校でパーティの話で盛り上がっていた。僕が言いつけを破ったことは火を見るより明らかだ。

バスが花芽町のバス停で停車した。これから怒られることは確実だ。バスを降りるのが怖い。いっそカフェに寄らず逃げてしまおうかと魔が差したが、栗住さんとはどうせ学校でも会う。どんなに逃げようと、いつかは捕まる。逃げれば逃げるほど立場がなくなる。潔く叱られに行くのがもっとも賢明だろう。

カフェはバス停の正面にある。白い外壁のおしゃれなカフェで、窓から見える店内では獣民もノーマルの人間もごちゃごちゃに交じって楽しげにお茶していた。店内に入ると、聞き覚えのある声に出迎えられる。

「いらっしゃいま……お、想良じゃん。珍しいねえ」

お盆を抱えて立っていたのは、エプロンにキャスケット姿のアヤノだった。アヤノがカフェで働いていると聞いていたが、こうしてお店に来たのは初めてだった。

「待ち合わせで。ノーマルの、黒髪の女の子来てる？」

「ああ、紗枝？　来てるよ」

アヤノは緊張感のまるでない間延びした声で言い、店内の隅っこの席を手で示した。

その手の先を目で追った僕は、座っていた少女と目が合う。怒りを通り越して呆れたとでも言いたげな、冷ややかな目だ。

「ねえ、あの子なんかめっちゃ怒ってない？」

アヤノが僕に耳打ちしてくる。

「あんた、怒らせるようなこと言いそうだもんね。そうでなくても、紗枝って気難しいのに」

僕はいたたまれなくなって、またもや逃げ帰りたくなった。

アヤノの案内で席に着く。栗住さんの向かいのソファに座って、僕は下を向いた。栗住さんが僕にメニューを手渡してくる。

「はい。なんか頼んで。私はコーヒー」

「僕は、紅茶で」

「かしこまりましたー」

ただならぬ空気を察しているアヤノは、半笑いで注文を受けてそそくさとテーブルを離れていった。

下を向いていてもわかるほど、栗住さんの視線を感じる。僕は第一声で、先手で素早く謝った。

「ごめんなさい」

「まだなにも言ってない。でもなんで呼ばれたかは、わかってるようね」

淡々とした声が、僕の冷汗三斗《れいかんさんと》を誘う。栗住さんは、大きなため息を漏らした。

「私が頼んだこと、忘れちゃった？」

「ううん。途中までは気をつけてたけど、やっぱり違うと思ったから、君の言いつけを守るのをやめた」

僕はちらっと、顔を上げた。彼女の声が鋭くなる。

「私がどうして学校で獣民のことを話さないでほしいのか、想像できない？」

「それもわかってる。その上で僕は……」

「お待たせしました。ホットコーヒーと紅茶でーす」

アヤノがコーヒーと紅茶を運んできて、すぐにすっと消えた。栗住さんが両手でコーヒーカップを持ち上げる。一旦カップに口をつけると、いらついていた彼女の声はまた冷静な色に戻った。

「私ね、三歳の頃に、この町に引っ越してきたの。その頃までの私にとっては、弟がリスなのは当たり前のことだった」

僕は黙って、紅茶に砂糖を足した。熱い湯気が鼻先を湿らせる。栗住さんは、テーブルに両肘を置いて、そこに体重をかけた。

「友達から『変なの』って言われたこともあった。私にとってはなにも変なことじゃないから、もちろん喧嘩した。今でも私の主張は間違ってなかったと思ってる」

「じゃあ、堂々としてたらいいじゃないか」

「だけどしばらくして、住んでた町を出ることになった。マルが普通じゃないから、普通の生活はもうできないって。そうして私は、この獣民保護地区に引っ越すことになったの」

それを聞いて、僕はどきっとした。栗住さんにとってマルはおかしな存在ではなかったけれど、家族が引っ越しを決めたということは、〝普通ではない〟と認めたようなものだ。弟の〝普通〟を信じていた彼女にとって、どれほどショックだったことだろう。

ティースプーンで紅茶を混ぜる。赤い水面がぐるぐる、きれいな渦を描いていた。

「獣民は、私たちにとって普通の存在でも、関係ない人から見れば異質な存在。当たり前の社会に順応できない。家族が勝手に堂々としていても、周りから奇異の目で見られることは変わらない。それに傷つくのは獣民本人なの」

栗住さんの言葉が、重くのしかかってくる。

「私はもうこれ以上マルを傷つけたくない。獣民をわかってない外野にとやかく言われるのはもう嫌」

「うん、よくわかった」

僕は紅茶をひと口啜った。ほんのり渋みのある、芳醇な香りのお茶だ。

「でも、話さなかったらいつまでもわかってもらえないよ。誤解されたままで、溝は深まるばかりだ」

友川が僕の無言を不審がっていた。僕がちゃんと話していなかったから、彼は獣民を恐ろしいものだと想像しはじめていたのだ。

栗住さんがコーヒーに息を吹きかける。

「そういう相手を説得する意味なんてあるの？　獣民を理解してない人に無理に教え込む必要なんてないでしょ。一生関わらないでくれれば、それでいいじゃない」

「それは……そうかもしれないね」

混ざり合わないものは、混ぜない方がいい。

栗住さんが長い睫毛を伏せ、淡々とコーヒーを啜る。

「獣民も、町の外と関わらない方が幸せでしょ。他人に悪く言われていても、聞こえなければ言われてないのと同じ。獣民に余計なストレスを与えたくなければ、無駄に干渉させるのはやめた方がいい」

栗住さんの言うことは、正論だと思う。世の中、獣民に関係ない生活を送る人がほとんどだ。因子を持っている人ですら、体に出なければ知らずに一生を過ごす場合も多い。理解しようとしない相手に無理に論じても、どう頑張ったって伝わらない。獣民も、自分たちの仲間内だけの世界で平穏に暮らしていけたらそれでいい。

それでも僕は、僕なりの答えを揺るがす気にはなれなかった。

「栗住さん。さっきの謝罪は、君の言いつけを破るのを、事前に言わなかったことに対してだ。僕は学校の友達を獣民のパーティに呼んだことに関しては、一切謝るつもりはない」

僕は紅茶を受け皿に置いて、まっすぐに栗住さんの目を見つめた。

「たとえ間違った知識で獣民を見ている人でも、知ろうとしてくれてる人だったら、ちゃんと話すべきじゃないか。知りたいと思っていても知る機会がなくて間違ってるなら、正してあげるべきだよ」

「そういうのがうっとうしいって言ってるの。桧島くんのせいで獣民が傷つく」

栗住さんも、姿勢を曲げない。

「桧島くんや私は、たとえ獣民を蔑まれても結局当事者ではないの。あなたが引っかき回すせいで悲しい思いをするのは、紛れもない本人たち。マルや、桧島くんのお気に入りのココなの！」

彼女の声はだんだんヒートアップして、最後の方はほとんど怒鳴り声に近くなっていた。

栗住さんの考えは、マルと長年一緒に暮らしてきて蓄積してきたものの結晶だ。僕の思いの何倍もの重みがある。だからといって、それが百パーセント正しいとは思えない。

僕も勢い余って、語気を荒らげた。

「じゃあマルは、パーティがつまらなかったの⁉　そう言ってたのか⁉」

「そうは言ってない！」

「マルを理解してくれる人が来てくれたんだよ。獣民が、わかってくれないだろうと諦めてた、町の外の人が理解してくれたんだよ。それを無駄な干渉だって言うの？」

「想像以上におめでたい頭してるのね。もういい。あなたと話しても埒《らち》が明かない」

栗住さんが空のコーヒーカップを受け皿に叩きつける。鞄からふたり分のお茶代を取り出し、テーブルに置いた。

「急に呼び出して悪かった。ここは私の奢りね」

「わかった。次回は僕に払わせてね」

僕が応じると、彼女は、感情の死んだ声で返した。

「次回なんてない。これは手切れ金。もうこれ以上は、二度とあんたとは関わらない」

ソファを立ち上がり、栗住さんが立ち去っていく。去り際の彼女に、僕はしつこく投げかけた。

「そうやって、いつまでマルのことを隠してるつもりなの？」

「いつまでも」

「それってマルがかわいそうじゃない？　お姉さんに恥ずかしい存在みたいに秘密にされて。他人に勝手なこと言われる以上に、そっちの方が傷つくんじゃない？」

僕の問いかけには、栗住さんはもう応じなかった。ツカツカと歩いて、店を出て行く。

残された僕は、余っていた紅茶をひとりでちびちび飲んでいた。

そこへ、ニヤッとしたアヤノが姿を現す。

「ウケる。紗枝がいつあんたに殴りかかるかとヒヤヒヤしちゃった」

「聞いてたんだ……。ねえアヤノ、この前のピクニックパーティ、僕の友達になにか嫌なことされた？」

紅茶を傾けて聞くと、アヤノはふるふると大きな身振りで首を横に振った。

「全然。あたしの尻尾に興味津々だったから触らせてやったけど、引っ張ったりもしないしいい子たちだったよ」

彼女はお盆を胸に抱き、壁に背を預ける。

「あのイベントは建設的だったと思うよ。あたしはあんたと同じで、傷つくことから逃げるために楽しいことを逃がしちゃうより、多少傷つけられても、楽しい思いしたいタイプだからさ」

「じゃあ僕、栗住さんに間違ったこと言ってないよね？」

この質問は、半分くらいは意地だった。アヤノが顎に手を当て、天井を仰ぐ。

「間違ってないよ。でも紗枝も間違ってない」

そう言って、アヤノはくるっと尻尾を振った。

「獣民が獣民のための町に自主的に隔離されてるのには理由がある。あたしたちはどうあがいたって、結局は普通じゃないんだよ。自分はその他大勢と違うんだってことは、きちんと受け入れなくちゃいけない」

アヤノの摑みどころのない話しかたは、彼女がすでに諦観の境地にいるように感じられた。おどけた口調で、アヤノは付け足す。

「その上で自分を好きになるのが、ちゃっかり生きてくコツ。そしてどこで誰と生きてくのかって考えたら、やっぱりそんなあたしを好きでいてくれる人に囲まれて甘えていたい。あたしを奇妙に感じる大衆の中に紛れ込むのは、周りも不快だろうし、あたし自身も居心地悪いからねえ」

アヤノの言いかたは、あくまで持論だと強調しているように聞こえた。しかし言葉を受け止めると、やはり僕が獣民と町の外とを交流させるのは、彼女ら獣民にとっていかにリスキーかを訴えかけられているようにも捉えられた。

僕はお茶を飲み干し、立ち上がる。

「お茶、おいしかった。今度また来るよ」

「お待ちしてまーす」

アヤノは終始、おもしろいものでも見たみたいにニマニマしていた。

＊　＊　＊

もやもやを抱えたまま、カフェを後にする。頭が冷えてくると、言いすぎた気がしてきた。栗住さんは、獣民に奇異の目を向ける社会から、逃げるようにこの町に越してきた過去がある。長い間獣民の弟と暮らしてきて、彼女の中で行き着いた結論が、あの主張だったのだろう。

僕もこの町で獣民と密接に関わってきて、僕なりに感じたことを正しいと思っている。アヤノだって、肯定してくれた。

だが最終的には、傷つくのも楽しむのも獣民自身だ。外野の僕が行動を起こすのも、獣民にとっては余計なお世話なのかもしれない。考えれば考えるほど、わからなくなってくる。

僕はパシッと自分の両頬を叩いた。考えるとわからなくなるなら、いっそ考えるのをやめてしまおう。くよくよしていても、栗住さんとわかり合えるわけではない。気持ちを切り替えよう。かわいいココでも拝んで、おいしいパンを食べたら、頭がクリアになって整理がつくかもしれない。

その足で『プティラパン』に寄り道すると、店には珍しくお客さんが五人も入っていた。ノーマルの人間が三人と、獣民がふたりいる。

「想良くん！　お帰り！」

ココが声を弾ませた。彼女のきらきらした顔を見るなり、頬が緩む。なんてかわいい生き物なんだろう。

同時に、僕の脳裏に先日のココのむず痒い言葉が蘇ってきた。あのまっすぐで好意的な眼差しには戸惑ったが、栗住さんに猛否定されたあとの僕にとっては救いになった。「ココがああ言ってくれたのだから、自分は間違ってはいなかった」と思える。

突然、買い物客の獣民のひとりが、背後から僕の頬に手を伸ばし、むにっと包んできた。

「よう坊主」

上から覗き込んできたのは、ココヨーテのおじさんだった。

「あのときの！　本当に来てる！」

よく見ればこのココヨーテだけではない。買い物をしていた他の客も、三人は土曜日のピクニックパーティで見た顔ぶれだ。唯一見かけていない顔のひとりは、他の客に誘われてこの店を訪れた風である。

　ココが耳をゆるく斜めに倒している。

「あのピクニックパーティの宣伝効果で、前よりお客さんが来てくれるようになったの。やっぱりあれだけ目立ったし、実際に食べてもらえたのがよかったのかな。そうそう、想良くんの学校のお友達も来てくれたの！」

　ナギサの思い出作りから発展して、町の人々の交流の場となり、その上ココのお店の宣伝にもなったのだ。ココが改めて、微笑を浮かべる。

「本当にありがとう。想良くんのおかげで、いろんなことが動いてる」

　彼女のふわふわした顔を見ていると、これまでの疲れが一気に浄化されるようだった。栗住さんに言われて胸に突き刺さっていた痛い言葉も、忘れさせてくれる。

「ウサギの癒し効果は絶大だね」

「まーたそんなこと言ってる。私は真剣にお礼してるのに」

　ココがむくれる。そんな会話を聞いて、コヨーテが僕から手を離した。

「たしかに、あのパーティがきっかけだな。しかしたいていの場合、単に『おいしかったな』で済まされて、『また食べたいな』に繋げるのが難しいんだよ。俺はこの店のバゲットを毎日でも食べたいと思った。結局は、この店のパンの魅力だよ。自信を持っていいよ、ウサギちゃん」

「わっ！　ありがとうございます」

ココの面持ちが明るくなる。コヨーテはココにひらりと手を振り、買ったバゲットを持って店を出て行った。ココはカウンターから深々と頭を下げ、扉が閉まると呆けた顔を上げた。

「今の人、かっこよかったたね。大人の余裕って感じで、きりっとしてて。ああ言ってもらえると頑張りたくなる」

ココのうっとりした表情を見て、僕は慌ててコヨーテの真似をした。

「僕も思ってるよ。この成功はココのパンがおいしかったおかげだよ」

が、ココはくすくす笑っただけだった。

「わかったわかった、ありがとう。それにしても、ああいうオオカミ寄りのイヌ科の獣民って顔が漏れなくかっこいいわよね。アヤノちゃんもキツネだから、しゅっとしてて美人だし……」

なんだか、僕はコヨーテに負けた気がした。自分のことにいっぱいいっぱいになっていて、気が回らなかった。ピクニックパーティの成功はココありきなのに、振り返ってみるとまだちゃんとココにお礼を言えていない。自分本位になっていた自らが恥ずかしい。

「ココ、あの……」

せめてお礼を言おうとしたが、すでにココは別のお客さんの接客に当たっていた。今は声をかけるのはやめて、僕はトレーを持って店内を回った。今日はなにを食べようか。こうしている間に、また新しいお客さんが来店する。先日まであんなに暇そうだったのに、今日はひっきりなしだ。

陳列棚をぼうっと見ていると、端っこにひっそり置かれたチョココロネを見つけた。以前食べようとしたときは置かれていなかったが、今日は三つもある。

後藤がこの店のチョココロネを食べて、「懐かしい味」と評していた。まずいとは言わなかったから、味が改善されたのだろうか。

そこで僕は、気づいた。そうだとしたら、ココは僕にそれを報告してくれなかったということだ。ちょっとショックだ。些細なことだが、僕はあまり信頼されていないのだろうかと勘繰ってしまう。いや、きっとなにか事情があったのだ、と、僕は自分に言い聞かせた。トングでチョココロネを挟み、トレーに載せる。

トレーを持ってココのいるレジに並び、会計をした。だがまた話しかける暇はなく、すぐに次の客が来た。僕はイートインの椅子に座って、ココの手が空くのを待った。リュックサックを床に置いてじっとしていたが、土曜のイベントが功を奏し客足が途絶えない。今日はもう、諦めよう。僕はチョココロネの袋を腕に提げて、家路についた。

＊　＊　＊

リュックサックをココの店に忘れたのに気づいたのは、間抜けなことに宿屋の十メートル手前まで着いてからだった。異様に肩が軽いと思ったら、イートインスペースに置き去りにしてきてしまったのだ。

僕はがっくりうなだれ、眉間を抓《つね》った。今日はどうも調子が悪い。栗住さんと喧嘩はするわ、ココにお礼を言いそびれるわ。おまけに鞄を丸ごと忘れてくるなんて、自分の不甲斐なさを叩きつけられている気分だ。

取りに戻ろうと思った瞬間、宿屋の扉の前で突っ伏すころんとした物体を見つける。視界の端に映ったときはゴミ袋でも落ちているのかと思ったが、小さな丸い耳に気づいて、血の気が引いた。

「え、公星さん!?」

公星さんが、宿の前の歩道に倒れているのだ。肩から提げた鞄が開いていて、石畳に小瓶が散らばっている。僕はリュックサックのことなんか忘れて、公星さんに駆け寄った。

「どうしたの!?　大丈夫!?」

うつ伏せで伸びていた公星さんは、僕の呼びかけにも反応しない。ただ遠くの一点を見つめているのみだ。

「体調悪いの？　それとも怪我？」

僕は公星さんの背中に手を置いた。いつもより、体が熱い。公星さんはハムスターの獣民だからか、普段から体温が高いのだが、今触れている背中はいつも以上に発熱している。

これはどういう症状なのだろう。獣民特有のものなのだろうか。いずれにせよ病院に連れて行かないと、と思ったのだが、考えてみたらこの町の病院がどこにあるのか知らない。救急車を呼ぼうと思ったが、携帯はリュックサックに入れてあって、ココのお店に忘れてきている。では宿の固定電話からかけようと思ったのだが、扉の鍵が閉まっていた。この扉の鍵も、忘れてきたリュックサックの中である。大体、救急車を呼ぶにしても一一九でいいのか。獣民の診療は人医なのか獣医なのか。

頭の中が真っ白になった。

そこへ、よく聞き慣れた可憐な声がのびやかに飛んできた。

「想良くん！　荷物忘れてるよー！　いくらなんでも迂闊すぎ！」

柔らかなマシュマロみたいな声で、僕は我に返る。振り向くと、僕のリュックサックを抱えて走ってくるココがいた。

「あら、どうしたの？」

「ココ……！　どうしよう、公星さんが動かない！」

慌てふためく僕へ、ココは至って落ち着いた口調で言った。

「あらあら、公星さんたらフリーズしちゃってる。想良くん、公星さんをお布団まで連れて行ってあげてくれる？」

ココが僕にリュックを渡す。僕は言われるまま、鍵を取り出して玄関を開けた。

公星さんを抱えて、彼の部屋に向かう。ココは後ろからついてきて、部屋に入るなり手際よく布団を敷きはじめた。

「お薬が落ちてた。病院の帰りだったみたいね。風邪でも引いたのかしら」

「獣民は、風邪を引くと固まるの？」

僕の的外れな問いに、ココがさくっと答える。

「ううん。さっきのは風邪とは関係ないフリーズ。ハムスターは、極度に驚いたり怖かったりすると、ぴたっと固まって動かなくなるときがあるの」

ココが布団を敷き終えた。ココのおかげで徐々に冷静になってきた。考えてみたら、建物の鍵は公星さんの鞄にも入っていただろう。完全に慌ててしまって、そこまで思考が及ばなかった。僕は抱えていた公星さんを、そっと敷布団の上に降ろす。

「ねえココ、獣民の病院ってどこにあるの？」

「町の中心部にあるよ。緊急時はノーマルと同じ一一九番。獣民であることを伝えれば、獣民も診られる先生がいる病院に連れて行ってもらえるの」

そういうものなのか。次は慌てないように、覚えておかなくては。

公星さんは布団に置かれるとすぐ、目に光を宿らせた。

「しまった。フリーズしておった」

まったりした声を聞き、僕は安堵で全身の力が抜けた。へろへろと座り込み、大きく息を吐く。ココと公星さんが和気藹々《わきあいあい》と話している。

「ココちゃんも来てくれたのか。すまないね」

「想良くんに用事があって、一旦お店を閉めてきてたの。なにがあったの？」

「いやはや、風邪を引いて病院に行った帰り、家の前に野良ネコがいてね！　驚いて固まってしまった」

「ネコの獣民じゃなくて、ネコ！　それは公星さんには恐ろしかったわね。怪我がなくてよかったわ」

僕は座り込んだ姿勢のまま、床を見つめていた。病院の場所を知らないのは、僕がちゃんと事前に知ろうとしなかったからだ。この町で暮らすのだから、きちんと把握していないといけないことだったのに、なんとかなるだろうとろくに考えもせず、調べておかなかった。今までは、病気になっても家族に任せきりにしていた。そうして甘えてきたせいで、今のようにいきなりひとりで対処しなくてはいけなくなったとき、どうしたらいいのかわからなくなってしまった。

ココが来てくれなかったら、どうなっていただろう。落ちていた薬を見て病院帰りだと気づいたり、フリーズという状態を知っていて冷静に対処してくれたのは、ココだ。

やはり今日は、どうもだめだ。よくないことが重なりすぎている。

公星さんがケホケホと咳をする。

「年寄りは風邪を拗《こじ》らせやすくてね……。ただでさえ体力が落ちていたところへ、苦手なネコが出た。どっと弱ってしまったよ」

「大変だったわね。栄養のあるもの食べて、お薬飲んで休むのよ」

ココが言うも、公星さんは俯いて唸った。

「食欲がない」

「だめよ、ちゃんと食べなきゃ！　好物なら口に入れられる？」

ごねる公星さんは、風邪のしゃがれ声を出す。

「好物だったら、まあ……」

「わかった！　食べられそうなもの作るね。キッチン借りていい？」

そう言うと、ココは僕の肩を叩いた。

「想良くん、ちょっと手伝って」

「うん！」

いつまでもうなだれてはいられない。僕は大きく頷き、ココについていった。

公星さんの部屋を出て、キッチンに入る。ココは棚を開けたり閉めたりして、使えそうな材料やキッチンツールを確認した。

「手袋は公星さんのを借りるとして。薄力粉とバターと、ベーキングパウダーもあるね。お豆腐もある！　それとこの野菜も使っていいかしら？」

「いいと思う」

キッチンにあるものを見ても、僕にはこれでなにができるかなんて想像もできない。だが、ココは頭の中でさっとレシピを組み立てたようだ。さっそく手袋を嵌め、ボウルに材料を入れ、手際よくオーブンの余熱もはじめた。僕も遅れを取らないよう、手を洗う。

ココがゴムベラと共に、材料を入れたボウルを僕に手渡してきた。中には粉と油と豆腐がまとめてぶち込まれている。

「豆腐？　この焼き菓子の生地みたいな粉の中に、豆腐？」

驚きを隠せず繰り返す僕に、ココは自信ありげに頷いた。

「ミルクの代わりにお豆腐を入れるの。お豆腐は栄養満点で、病気のハムスターの体にも優しいの。ただしあげすぎには注意！　水分もよく切ること。あ、今のはハムスターにあげるときの注意ね。ハムスター型の獣民である公星さんなら、そこまで神経質にならなくても大丈夫かな」

ハムスターが豆腐を食べることを知らなかった僕としては、もう一回びっくりした。

ココはまな板にニンジンを置き、包丁を当てた。

「私は野菜を切るから、その間にしっかりよーく混ぜてね」

僕はボウルとヘラを抱いて、一応聞いた。

「ココ、お店はいいの？」

「あんまりよくないけど、公星さんにはいつもお世話になってるからね。今は公星さんの方が大事」

ココがニンジンをトントンと小さく刻んでいる。彼女が頼りがいのある姿を見せれば見せるほど、僕は自分が情けなくなる。僕は公星さんのところに居候してる身なのに、咄嗟になにもできなかった。

ボウルの中の固い粉をぐるぐる混ぜていると、またため息をつきそうになる。だが、直前で呑み込んだ。落ち込んでいる暇はない。代わりに、ココの愛らしい横顔に笑いかけた。

「ココはすごいよね！　まだ若いのに自分のお店持って、自立して、それでいてこうして人助けをしてる余裕がある」

「おだてても、もふもふさせてあげないよ」

「なんだ。いやでも本当に、すごく立派だと思う。尊敬するよ」

言葉にすると、余計に自分の無力を痛感する。人に頼ってばかりで自分ひとりではなにもできない、こんな僕はココの足元にも及ばない。

「僕も自立するためにこの町に来たはずなんだけどなあ。おかしいな」

あまりに情けなくて笑うしかない。おどけて言った僕に、ココはこちらを見ずに言った。

「あのね、想良くん。自立するっていうのは、人に甘えちゃいけないって意味じゃないのよ」

「え？」

「賢く生きてる大人は、ひとりぼっちにならないようにしてるんじゃないかな。矛盾してるように聞こえるかもしれないけど、人間誰しも、どんなに立派な人でもひとりでは生きていけないでしょ？　だからお互い助け合って生きていけるように、たくさんの人に依存するんじゃないかしら。そうやって、助け合う社会の一員になることを自覚するのが、〝自立〟じゃないかなって……私は勝手にそう思ってる」

僕はボウルにゴムベラを刺して、ぼうっとココの言葉を噛み締めていた。目から鱗だ。

僕の思う自立した生活というのは、なにもかもを自分で解決できなくてはいけない気がしていた。しかし考えてみたら、働く人は会社やお客さんからお金をもらうことで生きているし、極論、自給自足だって自然や社会に依存して成立する。完全にひとりぼっちになったら、生きてはいけないのだ。

話しながらも、ココはきちんと手を動かしている。ニンジンはきれいに、五ミリくらいのブロック状に切り出されていた。

「私も、想良くんを頼りにしてる。だから私も、想良くんにとって頼れる人のひとりでいたいな」

それからココは、いたずらっぽい笑みをちらっと見せた。

「ウサギじゃ心もとないかしら？」

「ううん、全然そんなことない」

僕はぶんぶんと顔を振った。

ココはこんなふうに社会を捉えているから、お節介焼きなのかもしれない。自分なりの自分の位置づけをきちんと理解して貢献しようとするココは、やはり立派な大人だし、社会人だし、職業人だ。

「それに、想良くんはちょっと手がかかるくらいの方が愛嬌あると思うなあ」

ココがからかうような声色で言う。

「その甘えた感じがあるから、弟みたいなかわいげがあるんだもの」

「そんなふうに思ってたの？」

呆然とする僕の腕を、ココはもこもこの手で叩いてきた。

「手が止まってる！　ほら、混ぜて！」

「ごめんなさい！」

気を取り直して、ボウルの中をぐるぐる混ぜた。パサパサだった粉に豆腐が溶け込み、塊になっていく。一方、ニンジンを切り終えたココは、今度は手元で細かい作業をはじめた。なにをしているのかと覗き込んだら、ひまわりの種の殻を剝いていた。小指の爪ほどのしましま模様を、ちまちまとひとつずつ割って中身を取り出している。

「ひまわりだ。ハムスターはひまわりの種が好きなんだよね」

「そうね。でもひまわりの種って、油分が多いばかりで栄養価が低いの。言ってみればスナック菓子みたいな感じかな？　あんまりたくさん食べるのをお勧めできる食材じゃないわ。でも今日は公星さんに少しでも食欲を取り戻してもらいたいから、特別に入れる」

ココが真剣に殻剝きを続ける。食欲がない公星さんのために、食べたくなるようなひと手間を惜しまない。僕はココの思いやりある言動にただただ敬服した。誰かを幸せな気持ちにさせること。ココのポリシーがそこにあるから、こういう、見返りを求めないお節介を焼けるのだろう。

作業しながら、ココは急に話を変えた。

「そうそう、想良くん！　想良くんのお友達がお店に来たって話したでしょ？　後藤くんが来たの。言い損ねちゃったんだけど、チョココロネを買ってくれたの」

僕の胸に、お店で感じたもやっとした気持ちが戻ってきた。なるべく顔に出さないように、下を向いて言う。

「チョコココロネのクリーム、いつの間にか改良されてたんだね」

「恥ずかしながら、昨日の午前中にやっとお父さんと会って、ちゃんと作り直したの。それまでチョココロネは販売を休止してたのよ」

「どうりで置いてなかったわけだ。じゃあ、昨日久しぶりにお店にチョコココロネが復活したんだね」

「そうなの！　クリームがおいしくなかったのは、材料を混ぜるときの温度が低かったからみたい。そこを直したら、お父さんのチョコココロネと同じになったの！」

しかしながら、僕はまだその改良版チョコココロネを食べていない。チョコクリームを作ることに協力するはずだったのに、僕より先に後藤が食べている。先を越されたみたいで、なんとなく悔しい。子供っぽいプライドでそんなことを思っていると、ココにあっさり見透かされた。

「想良くんに最初に試食してもらうつもりだったんだけど、試しに焼いたのができたタイミングで、ちょうど後藤くんが来てね。食べたいって言うから、先に売っちゃった」

「そうだったんだ。僕も昨日もお店に行けばよかったな。お父さんに会う日、あらかじめ教えてくれたら行ったのに」

むすっとむくれた僕を見て、ココの横顔が難しそうにはにかんだ。

「ごめんね、教えなかったのはわざとなの」

トントンと、まな板に包丁が当たる音がする。

「お父さんと私のギクシャクした感じを見られちゃうかもって思ったら、言えなかった」

僕は思わず、生地を混ぜる手を止めた。前からなんとなく感づいていた。ココはもしかして、家族とあまりうまくいっていないのではないか。

以前アヤノが、ココのことをコンプレックスの塊だと話していた。ノーマルの人間への憧れで、ウサギの自分に味見できないパンを作っているという。

栗住さんが弟のことで悩むように、ココの父親も、ウサギの姿で生まれたココに対して複雑な思いを抱えているのかもしれない。チョコクリームの味が安定しないのになかなか父に相談できなかったのは、会うのが憚られる理由があるからではないのか。

これも顔に出ていたのか、ココは殻剥きをする手をわざわざ止めて、こちらを振り向いた。

「こんな言いかたしたらびっくりしちゃうよね！　お父さんと仲が悪いわけじゃないのよ。本当だよ！」

それから彼女は、笑いを堪えながら言った。

「私のお父さん、ウサギアレルギーなの！」

「え⁉」

想定外の単語が飛び出して、僕は絶句した。ココがくすくすと笑いだす。

「おもしろいでしょ。よりにもよって、ピンポイントでウサギのアレルギーなの。私が近づくと、目が痒くなって真っ赤になって開かなくなるのよ。くしゃみも酷いの。私は体をきれいにしてアレルギー物質を出さないように気をつけてるんだけど、その努力でなんとかなる範疇を凌駕して、お父さんのアレルギー体質が敏感でね！」

「もしかして、それで会う頻度を減らしてるの？」

「そうよ。私はお父さんに憧れてパンを作りはじめたくらいお父さんのこと尊敬してるし、お父さんも私を大事にしてくれてる。海外の学校に通わせてくれたし、お店の建物や土地を用意してくれた。パン作りのノウハウもお父さんから学んでる」

ココのノンシャランな言葉尻に、僕は生地を混ぜるのを忘れてぽかんとしていた。

なんだ、そうだったのか。

「もっと深刻な理由があるのかと……いや、娘にアレルギーって深刻だとは思うけど、なんか内情的な部分にわだかまりでもあるのかと思ったよ！」

「子供の頃は悩んだよ？　私がいるとお父さんがつらそうで、私は自分が邪魔なのかなって思った。お母さんも、『自分がウサギの因子なんか持ってたせいでこんなことになった』って思ってたでしょうし。でもそれを口にしちゃうと、私のことを責めるみたいになるから、言わないでいてくれた」

ココは再び、ひまわりの種の殻を剝きはじめた。

「獣民に生まれたせいで、世間から見て普通の家族じゃなかったのは事実。結局私もそんな暮らしが窮屈だったから、こうして早めに家を出て、自分のお店を持たせてもらってひとりで暮らすことにした」

パキパキと、殻が小気味のいい音を立てる。

「だけど、決して不幸だとは思わない。世間から見て普通じゃなくても、宇佐城家にとってはそれが普通なんだもの」

僕の胸の中で、なにかがすとんと落ちた気がした。ココは儚げなウサギの姿をしているけれど、こんなに強い。

彼女には彼女の〝普通〟がある。ココは家族に愛され、家族を愛し、この豊かな性格を育んできた。「獣民だからつらい思いをしているだろう」という思い込み自体も、獣民に対する偏見だったのだ。

「私ね、お父さんのことすっごく尊敬してるんだ。パンでお客さんを笑顔にするお父さんは、魔法使いみたいだった。私もそんなふうになりたくて、お店を始めたの」

ココが照れ笑いを浮かべる。

「獣民の食生活はノーマルとは違うことに気を配らなくちゃならないから、食べ物のお店は難しいって言われてるんだけどね。それでも私は、ノーマルでも獣民でも、皆が楽しめるお店を作りたかった。獣民対応の小麦粉が発明されたと聞いて、『私がやらなきゃ誰がやる』と思った」

僕はムラなく混ざった生地に視線を落とし、口を結んだ。

ココは大好きな家族がいて、尊敬していて、やりたいことも自分で決めた。目標もはっきりしている。だからココのパン作りには、迷いがないのだ。

その点僕は、やりたいこともなりたいものもなく、漠然と生きてきた。今も本気になれるものが見つかっていなくて、ただ、その場その場を取り繕って流されている。僕とココとは精神の密度が違う、と、痛感した。

ココがひまわりの種の殻を剝き終えた。僕の持ったボウルの中を見て、よしと呟く。

「いい感じに混ざったね！　はい、貸して」

僕の手からボウルを受け取り、切ったニンジンと殻を剝いたひまわりの種を入れる。それからテーブルにクッキングシートを敷いて、ボウルを置いた。彼女はボウルの中から生地を摘まみ、手の中でころころと丸めた。

「こんな感じで、公星さんのひと口サイズに丸めて！」

「はい！」

僕もココを真似て、生地を丸くした。ピンポン玉くらいの球体をころころと量産して、シートの上に並べていく。生地の表面には、たっぷりのニンジンとひまわりの種が浮かびあがっている。

生地を全て丸めきって二十個ほどの球ができると、ココはそれをオーブンへと預けた。

「あとは焼き上がるのを待つだけね。私ちょっと、公星さんの様子見てくる」

「うん、お願い」

ココがキッチンを出て行く。その間に僕は洗い物を済ませ、オーブンを覗いていた。ブーンと無機質な音を立てるオーブンは、窓の向こうにオレンジ色の光を籠らせている。照らされる丸い生地が、なぜだかかわいく見えてきた。

　ココが公星さんの部屋から戻ってきた。

「寝てたみたい。よく休んで栄養摂って、早く治してもらわないとね」

　手袋を外してひと息つくココは、キッチンの片隅に置かれたノートに気づいた。

「あ！　このノート。見てくれてるのね！」

　ココが書いた、トーストレシピのノートだ。僕も視線を追い、頷く。

「毎朝見てるよ。おかげで一度も学校に遅刻してない。今日の朝ごはんは、たまごとトマトとアボカドのトーストにしたよ」

　ココにそう報告すると、ココはぱっと嬉しそうな顔をした。

「お口に合った？」

「うん！　さっぱりしてるようなこってりしてるような、そして体に良さそうな味がした！」

　トマトとアボカドを切って、溶いたたまごと一緒に炒め、それをトーストした山型食パンに載せて食べた。たまごの包み込むような黄色に、トマトの鮮やかな赤とアボカドの柔らかな緑、さらには少し焦げたトーストの焼き色が重なって、色合いがとってもきれいだった。

「よかった！　ねえ、今まで作った中で、どれがいちばんおいしかった？」

　ココの黒い目がいきいきと輝く。僕は真剣に首を捻った。

「ええええ……目玉焼きか、オムレツか……ああ、でもキャラメルバナナプリンもおいしかった。いちばんは選べないよ」

「気に入ってもらえてよかった」

　ココの耳が満足げにぴくつく。

「あのノートは、チョコレートとかアボカドとか、私には試せない食材を使ったものも書いてるでしょ。だから、実際には失敗するかもって、心配だったのよ」

　そう言うと、ココはノートを手に取った。無造作に開かれると、ページの隙間からひらっと、メモ用紙が落ちた。ココがそれを見て、目をぱちくりさせる。

「あら？『マシュマロが焦げた』……？」

「それね、マシュマロトーストを作ろうとしたら真っ黒に焦げちゃったんだ。だから次までに焦がさない焼きかたを調べておこうと思って、メモを挟んだんだよ」

　素直に答えたら、ココは一瞬申し訳なさそうな顔をして、それから嬉しそうに目を細めた。

「ごめん、謝らなきゃいけないのに、ちょっと嬉しいかも。不完全だった私のノートを、想良くんが一緒に作り上げてくれてるみたい」

「たしかにそうかも。だから僕も、飽きずに続けられるのかな」

　心のどこかに、いつかこのノートを進化させてココに見せたい気持ちがあったのかもしれない。

　ココはノートを閉じると、にんまりして耳をぴくぴくさせた。

「私の想像上のものでしかなかったレシピも、本物になっていくね。いつかお父さんに自慢しよ」

「今の段階でも充分自慢できるよ」

僕はそのノートに詰め込まれた熱意をよくわかっている。ココは僕を横目に、少しむっと目尻を吊り上げた。

「違うよ。ノートを自慢するんじゃなくて、こうして協力してくれる人がいるんだよって、自慢するの！」

その発言に、僕は面食らって言葉を失った。ココのこういうストレートな物言いは、時々反応に困る。そんな僕を見て、ココのかんばせは怒り顔からふっと微笑みに変わった。

「こんなおもしろい弟分ができたなんて知ったら、お父さん嫉妬しちゃうかも」

「僕はいつの間にココの弟分になってたんだ……」

だがまあ、ココを慕って頼りにしているのだから、あながち間違いではない。

僕は改めてお礼を言った。

「ねえココ、今日は本当にありがとう」

「いいのいいの。ご近所同士、助け合いが大事だよ」

「今日だけじゃなくて、いつも。僕はココとココのパンのおかげで、この町が好きになったんだ」

僕はやっと、お店で言えなかった分のお礼を口にできた。

「なんていうか、ココのお店のパンがおいしいのが僕にとって日常の一部になってたから、ちゃんと言葉にしてなくて……」

言いたいことを伝える言葉が、上手に思いつかない。僕は足りない頭で言葉を探しながら、訥々と話した。

「でもピクニックパーティが成功したのも、そこでパンの味を知った人がお客さんになってくれたのも、ココが頑張ってるからだって思ってる」

僕がこんなことを言い出したのが意外だったのだろう。ココは怪訝な顔をした。

「どうしたの、急に」

そしてくすっと、朗らかな花笑みを見せた。

「言わなくてもわかってるよ。想良くんほど足しげく通い詰めてくれる人いないもの。こっちこそありがとうね」

「うわ、だめだ。かわいい」

ウサギの愛らしさにとろけそうになった僕は、ココの耳に触ろうと手を伸ばした。が、ココはすっと耳を倒してかわす。それとこれとは話が別みたいだ。

僕は椅子に座り、テーブルに頬をつけた。

「実はさっき、コヨーテのおじさんにいいとこ持ってかれて悔しかったんだ。ココが『大人の余裕』とか『きりっとしてて』とかって褒めるから」

するとココも、テーブルについて言い返してきた。

「それは本当のことでしょ！　ああいう顔の獣民はかっこいい！　余裕のある態度も素

敵！　それに比べたら想良くんはお子様だよ」

「僕だってココにちやほやされたい！」

　バカ正直に欲望をぶつけ、僕ははっきりと催促した。

「『お日様みたい』っていうの、よく考えたらすごくかわいかったのに、あのときびっくりしちゃって空耳かと思った。だからもう一回言って。今、もう一回！」

「あのねえ……想良くんのそういうところが、単純で会話が雑で、勢いで行動してるって言われるところなんだよ？」

　ココはすっかり呆れ顔だ。

「二度は言わないよ。実際に空耳だったんだと思って、もう諦めて」

　そのとき、オーブンが焼き上がりを告げる電子音を奏でた。ココが椅子からぴょんと立ち上がる。

「はい、この話終わり！」

　会話を切り上げ、オーブンを開ける。中からふわっと、熱気と香ばしい匂いが漂ってきた。

　白っぽかった生地は、ほんのり焼き色がついた優しい黄色に染まっている。中に練りこまれたニンジンの色が鮮やかに目を惹き、その橙《だいだい》色の横にぷっくりしたひまわりの種が寄り添っている。ココが自信ありげに胸を反らせた。

「完成！　お豆腐の焼きドーナツ！」

「うわあ、おいしそう！」

思わず唾液がこみ上げてくる。いい匂いだ。

ココはオーブンから取り出したドーナツを皿に並べ、熱を冷ました。

「味見してみる？　熱いから気をつけてね」

「いいの？　いただきます」

僕は見るからに熱そうなドーナツに、そわそわと手を伸ばした。指に触れた生地は、やはりやけどしそうなほど熱々だった。だができたての味を食べてみたくて、息を吹きかけて、口に放り込む。

生地はふにゃっと、口の中で潰れた。豆腐が入っているためか、もっちりしている。それでいて、豆腐の味はほとんど感じない。代わりにニンジンの甘みが口いっぱいに溶け出し、ひまわりの種のコリッとした食感も楽しい。

「すっごくおいしい！　素朴な優しい甘さで、もちもちしてる」

こんなシンプルな材料で、手早く簡単にドーナツを作ることができたとは。僕ひとりでも作れそうだし、ニンジンやひまわりの種以外の材料を加えれば、バリエーションを増やせる。

ココもドーナツをひとつ摘まみ、満足げに頷いた。

「あり合わせにしてはおいしくできたよね。公星さん、喜んでくれるかな」

彼女は試食を終えると、さて、と切り替えた。

「私、そろそろお店に戻らないと。公星さんが起きたら、このドーナツを食べてもらってね」

「助かったよココ！　なにからなにまで本当にありがとう」

僕は重ねてお辞儀をして、ココを外まで見送った。

ココが玄関を出て、去り際にくるっと振り向く。

「ちやほやの安売りはしないけど、嘘はついてないからね」

一瞬なんのことかわからなかったが、ココが立ち去ったあと、僕は「お日様」のことだと気づいた。その拍子に、目の前の景色が拓《ひら》けたような、明かりが差したような気持ちになった。つい、ひとりごとが零れる。

「それだけで充分だよ」

ココがそう言ってくれるのなら、僕の行動はきっと、間違いではなかったのだ。正解ではないかもしれないけれど、間違いでもない。僕なりの答えとして、信じていいのだと思えた。

僕はほくほくとにやけながら、ドーナツが待つキッチンへと戻った。そしてテーブルに置きっぱなしになっていたチョココロネに気づく。

僕は椅子に座り、コロネを袋から取り出した。くるくると巻いた巻貝状のパンの中には、柔らかな色味のチョコレートクリームがぎっしりと詰まっている。僕はコロネの尖った方を下にして、チョコレートが露出している方から思いきりかぶりついた。

滑らかなチョコレートクリームが、口の端から溢れ出しそうになる。こんがり焼けたシンプルなパンと、こってりした甘いクリームがぴったり合っている。コロネで口をいっぱいにして、僕は思った。おいしくなっている。最初に食べたベタベタなチョココロネからは信じられないくらい、劇的に変貌している。

これがココのお父さんのお店のチョココロネの味なのか。もしかして、後藤が懐かしんだお店のパンは、ココの両親のお店だったのかもしれない。

いつか僕も、その店に行ってみたい。ココがあんなに夢中になるほどパンを好きになった、その原点のお店。

そして僕も、彼女のように誇りを持って挑めるなにかを見つけたい。

僕はまた、チョコレートがとろとろ溢れるコロネにむしゃむしゃかじりついた。

＊　＊　＊

翌日、公星さんの体調はだいぶ回復した。あのあと、彼は食欲がないと言いつつも、僕とココが作ったドーナツを見ると、おいしそうに食べてくれた。それから部屋を暖かくしてよく眠ってもらうと、翌朝には見違えるほど元気になっていたのだ。

僕はいつもどおり、朝ごはんのトーストを食べて、学校に向かった。いつもどおりの朝だけれど、今日は臍《ほぞ》を固めている。

通学路のバス停で、どんぴしゃりでその人に会った。黒いボブヘアが、春風に吹かれている。腹は決めていても、いざ顔を見ると緊張してしまう。いつもは横に並んでバスを待っていても、挨拶をするだけであとは無言だった。でも今日は、それだけで終わらせたくない。僕は深めに呼吸をして、彼女の横顔に話しかけた。

「栗住さん、おはよう」

「……おはよう」

栗住さんは、目だけこちらに向けて無愛想に返す。ここまでは、いつもどおりだ。僕は嫌がられることを承知の上で、宣言した。

「僕、今からまた栗住さんの言いつけを破る」

バスを待つ栗住さんは、こちらを振り向いてもくれない。僕は勝手に続けた。

「二度と僕と関わりたくないって言ってたけど、僕はそれを無視する。わかってもらえなくてもいい。でも、これだけは言っておきたい」

なるべく声が震えないように、毅然と振る舞う。

「『プティラパン』のチョココロネが、おいしくなりました！」

「は!?」

僕の方を見ようともしなかった栗住さんだったが、勢いよくこちらを向いた。

「なにかと思えば、そんなこと!?」

「あれ!? だって栗住さん、『プティラパン』のチョココロネ好きなんだよね？ でも今まで味が安定してなかったから、報告した方がいいかと思って……」

栗住さんは弟のマルと同じく、不機嫌なときに『プティラパン』のパンを買うと聞いている。それも、成功率が低かったチョココロネをだ。

「日曜日に、ココが味の見直しを図ったんだよ。これからはおいしい味で固定されるみたいだよ。よかったね！」

「そ、そう……」

栗住さんは毒気を抜かれた顔をして、再び僕から目を背けた。

「それだけ？」

「だけ、のつもりだったけど。本音を言うと、もうちょっと話したい、かな」

僕は彼女の伏せた目を、横からちらちら覗いた。様子を窺って、慎重に、でもしっかりと、言いたいことを言う。

「獣民との関わりかたは、僕はこのまま変えるつもりはない。栗住さんが言ってるように、慎重になるのは大事だと思う。でも僕は、僕の大好きな獣民を、日陰に隠しておきたくない」

栗住さんは面を上げない。それでも僕は、めげずに続けた。

「だけど、栗住さんと仲良くしたいって気持ちは、今でも変わってない。チョココロネをはじめ、ココの作ったパンのこととか、もっと話したい。栗住さんが僕のこと嫌いでも、僕はずっとチャンスを待ってるから……」

「ああもう、うるさい！」

いきなり、栗住さんが声を荒らげた。僕はびくっと跳び上がり、言葉をなくす。こちらを向いてくれなかった栗住さんの瞳が、キッと強気に僕を射貫く。

「わかってる。あなたがバカで暑苦しい性分なのは、よくわかってる。悪気がないのも、素直なのも、一生懸命なのもわかった。私が言いすぎたってことも、わかってる！」

黒い髪がぱらっと風を孕んだ。はらはらと躍る前髪を、彼女はうっとうしそうに手で払う。

「昨日家に帰ってから、マルがお母さんに、海で遊んだ日のことを楽しそうに話してるのを見たの。町の外の人が来るのを知って、最初は不安だったみたいだけど、会ってみたら優しくしてもらえて、嬉しかったみたい。今では『また会いたい』って言ってるし、なんならもっといろんな人に会ってみたいとか、次は町の外で遊びたいとか……すごく、前向きになっちゃって」

栗住さんの声は、だんだんと決まり悪そうに萎んでいった。

「だけど、外の世界に期待を持てば持つほど、裏切られたときの絶望は大きくなる。マルが前向きになるほど、私は怖い。町の外は、あなたの友達みたいな人ばかりじゃない。マルがいつか無邪気に町の外へ出て行って、酷い目に遭って帰ってきたらと、嫌な想像ばっかり膨らむ」

栗住さんの心配はもっともだ。実際、彼女は幼少期に、獣民の弟を揶揄されている。弟を想う姉の立場だからこそ、こんなに神経を尖らせているのだ。

「町の外がそんな世界なのが悲しいから、僕はもっと、町の外でも獣民への理解を広めたいと思ってるんだ」

僕だって、なにも考えていないわけではない。

「僕はまだ高校生だし、できることは小さくて、影響力はないかもしれないけど……まずは友達からでも、伝えていきたいと思ってる。だってもったいないじゃん。獣民ってかわいくておもしろくていい人たちなのに、誤解してるなんてさ」

僕自身がそうだったから、よくわかる。この町に来た頃は、彼らの見かけに戸惑っていた。だが接してみれば、なんてことない個性的な人たちにすぎない。

栗住さんは、下を向いた。

「私はやっぱり、あなたのようにはなれない。もしマルから希望を奪ってしまったらと思うと怖くて、町の外の世界なんて、とても教えられない」

「うん」

「だけど、もしも町の外がもっと寛容な世界になったら、マルと一緒に外へ旅行にでも行きたい」

栗住さんの声は、最後の方は萎んで消えかけていた。

「あなたに期待はする。協力はしないけど邪魔もしない。ただしズレたことをしようとしたら、殴ってでも止める」

「それは、邪魔することで協力してくれてるよね」

僕には僕の意地があるように、栗住さんには栗住さんの、立ち止まる理由がある。僕らの考えは真逆に見えて、向かっている方向は同じだ。これはむしろ、手を結ぶべきではないか。彼女が動かない分は僕が行動する。僕が暴走しそうになったら、栗住さんにブレーキになってもらう。

「じゃあ、進展があったら報告するね。次のお茶代は僕が持つから」

そうして僕は、宣言どおり栗住さんの言いつけを破ったのだった。

# Episode 5 アップルデニッシュと甘夏みかんのマーマレード

季節が変わろうとしている。迎えたばかりの春は早くも初夏の彩りに移ろい、花芽町の木々は瑞々しい新緑に染まっていた。

『プティラパン』の窓から見える外の景色も、爽やかな緑の街路樹が眩しい。

「そろそろ初夏の新作パンを作りたいな。どんなのがいいかしら」

客足が一時的に途絶えた、日曜日の昼下がり。束の間の休息中のココは、僕と一緒にイートインの椅子に座り、窓の向こうに茂る青葉を見つめていた。

「初夏の新作かあ。これからの季節、旬のものってなにがあるのかな」

僕も、アップルデニッシュを食べながら外の町並みをまったり観察している。さっぱりした甘さのリンゴととろとろのカスタードクリーム、バターの香るデニッシュ生地は、何度食べても飽きが来ない。

ココはテーブルに肘を載せ、ふにふにした頬に手のひらをついた。

「そうだなあ、甘夏みかんとか。私、柑橘類好きなんだけど、ウサギの体にはあんまりよくないらしいから、念のためたくさんは食べないようにしてるの。だから甘夏みかんでなにか作ったら、想良くん、味見してくれる？」

「やった！　楽しみが増えた」

初めてこの店を訪れた日から、常連になりそうな予感があった。その予想は見事的中し、今では『プティラパン』は僕の生活になくてはならないものになっている。

「もうすぐゴールデンウィークね。想良くん、帰省はするの？」

ココから尋ねられ、僕は口の中のパンを飲み込んだ。

「この辺を探検して過ごそうかなとも思ったけど、父さんが心配性だから、一応帰って現状報告しておこうかなって思ってる」

「そうね。想良くんを心配したくなるお父さんの気持ちはよくわかる。帰りは大丈夫？迎えが来るの？　新幹線で帰るなら早めに切符買わないとだめよ」

「もう……そんなに子供扱いしなくても大丈夫だよ」

まあ、新幹線の切符を買わなくてはいけないこと、ココに言われて初めて気づいたけれど……。

アップルデニッシュのとろけるリンゴとさくさくのデニッシュを堪能していると、チリンとドアベルが鳴った。ココが席を立つ。

「いらっしゃいませ。あら、アヤノちゃん！」

「どうもー。お、想良もいるじゃん」

店に入ってきたのは、カフェのバイトの昼休みらしきアヤノだった。彼女はトレーとトングを手にして、僕にニヤッと笑いかけてきた。

「その後どうよ、紗枝は。まだ絶交中？」

それを聞いて、ココがぎょっと振り向く。

「なにそれ!?　紗枝ちゃんって、マルくんのお姉さんの紗枝ちゃんだよね？　想良くん、喧嘩してたの？」

栗住さんと喧嘩になったことは、ココには話していなかった。アヤノがそれに気づき、ざっくり説明する。

「そいつが無神経だったせいで紗枝を怒らせたんだよ。紗枝も神経質すぎ。なんていうか、どっちが悪いって話じゃないんだけど、行動が真逆だったたんだよね」

「そうだったの？　それで、今は？」

ココが僕の方を向く。僕はココとアヤノの両方に答えた。

「和解したよ。和解といっても、栗住さんは僕に賛成してるわけじゃないから、微妙な感じだけど……でも仲が悪いわけじゃないから、心配しないでね」

「なんだ、つまんないの」

アヤノが意地悪く呟く。ニンジン型のトングをカチカチ鳴らして、彼女は店のパンを選びはじめた。

「それはそうと、昨日から新しい獣民が引っ越してきたみたいね。もう会った？」

「新しい人？　知らなかった、まだ会ってないわ」

ココが興味深そうに反応する。僕も今初めて知った。アヤノは琥珀色の腕を組んだ。

「あたしもまだ会ってない。最近まで海外で働いてたらしいんだけど、仕事の都合で日本に来ることになったんだってさ」

アヤノがニッと牙の端を覗かせる。

「噂ではヤバい奴って聞いたよ。どうヤバいんだろうね。めっちゃかわいいとかかな。どうするココ、ココよりかわいいウサギの獣民が来て、想良がそっちの方が良くなったら？」

「この子はまたしょうもないことを言って……。想良くん、たとえかわいいウサギの獣民が来ても私のパンを買いにきてね？」

アヤノに呆れ顔をしつつも、ココは僕に促してきた。僕はデニッシュ片手にこくこくと何度も頷く。この店はもう僕の生活の一部だ。どんな誰がやってこようと、そこは変わらない。

と、またもやドアベルがチリンチリンと鳴った。今度は激しい揺れである。

「わあああ！　ココちゃん、助けて！」

飛び込んできたのはヒツジのフウタである。フウタはべそをかいてその場に崩れ落ち、ガタガタ震えだす。

「怖い！　あの人誰!?」

「どうしたの？」

ココが驚いて耳をまっすぐ立てる。フウタは怯えた顔でココに縋り付いた。

「今そこで、怖い獣民に会った。僕びっくりしちゃって、急いでこのお店に逃げ込んだ」

「怖い獣民？　フウタくんが苦手な猛獣っぽい獣民かな？」

「ううん。大きな獣じゃないんだけど……」

するとと今度は、扉からリスのマルも転がり込んでくる。

「なんだあいつ、あれが新参の獣民か!?」

マルは尻尾を膨らめて興奮気味に訴えた。

「ねえココ、今、真っ黒な翼がある獣民に睨まれたんだ！　昨日から新しい奴が引っ越してきたとは聞いてたけど、あんなのが来たのか！」

「ええ!?　翼があるってことは……」

ココはフウタとマルを交互に見比べ、それからハッと顔を上げた。僕とアヤノも、ココの視線を追う。視線は窓の向こうに辿り着き、僕はびくっと息を呑んだ。

その男性は、窓からじっと、店の中を注視していた。帽子を目深に被っており、顔がほとんど見えない。破けたジャケットから突き出した黒い翼が、その体を包むように巻き付いている。

僕は彼の珍しい風体を見て、掠れた声を上げた。

「コウモリだ」

大人っぽい服装からして成人男性だと窺えるが、コウモリが小さい動物だからか、身長は僕より小さい。ココよりは少し大きいくらいだ。首の辺りにふわふわした灰褐色の毛並みを覗かせ、翼には細い筋が浮き出ている。顔が見えないせいか、その出で立ちはどことなく奇妙な雰囲気を放っていた。

フウタとマルは縮こまり、普段飄々としているアヤノも珍しく顔を引きつらせている。穏やかなココも、目を見開いて絶句していた。

ふいに、帽子で隠れていた彼の目が、僅かに見えた。はたと目が合い、僕は肩を縮める。こちらを眺める目からは、感情らしい感情がまったく見られなかったのだ。感情を見せようとしない、見せたくないという意志さえ感じられる。自分に関わろうとするもの全てがうっとうしいとでも言いたげな、排他的な、痛いほど冷たい目つきだ。街路樹のそばに佇むその姿は、初夏の木の爽やかな緑とはあまりにもバランスが悪くて、思わずぞくっとしてしまった。

コウモリは店には入ってこず、会釈するでもなく、すっと立ち去っていった。フウタとマルが大きなため息を漏らす。

「怖かった……。こっち見てたよ」

「なんだろうな、あの異様な雰囲気。すげえ不気味だ」

そんなふたりを、アヤノが煽る。

「コウモリなら血を吸うんかねえ」

「血を!?」

フウタがびくっと肩を強張らせる。僕とマルも、ぞっとして顔を見合わせた。そうだった、コウモリと言えば吸血だ。

しばらく固まっていたココが、彼らを見渡した。

「こらこら、そんなこと決め付けちゃだめよ。私たちと同じ獣民なんだから、まんま動物というわけじゃない。猛獣獣民が他人を襲わないのと同じで、コウモリの人も血を吸おうとはしないよ、きっと」

しかしマルが、遠慮がちに反論する。

「でも、肉食の獣民は人を襲わないにしてもお肉は好きだろ。だとしたら、コウモリはやっぱり血を好むんじゃないのか？　この町に血を売ってるところなんてないぞ」

そう言われて、ココは言葉を詰まらせた。僕も、しばし下を向く。コウモリは血液を吸わないと必要な栄養が摂れないのだとしたら、どうにか血を調達しないといけない。あのコウモリは、どうやって暮らしてきたのだろう。

「とにかく！　先入観で怖がらないこと。まずは本人とお話ししてみましょう。判断するのはそれから。いいね？」

ココが無理に場を収める。フウタとマルはまだ不安げだったが、しぶしぶ頷いた。

僕は食べかけだったアップルデニッシュを再び口に運ぶ。今のコウモリの、独特の雰囲気は忘れられそうにない。なにより印象的だったのは、目だ。あの他人に心を許していないような、冷ややかな瞳。わけもなく背筋が寒くなる目つきだった。

ココの言うとおり、先入観で決め付けるのはよくない。だが第一印象が大事というのも事実で。僕はもぐもぐと、アップルデニッシュを頬張った。

＊　＊　＊

翌日月曜日の放課後、僕はココに言われたとおり新幹線の切符を買った。この町のことを家族に話せると思うと、胸がふわふわする。初めてこの町に友川を連れてきたときに似たわくわく感だ。

そのあとはいつもどおり、バスを降りて『プティラパン』に向かった。ココに「ちゃんと切符を買ったぞ」と言おう、なんて考えてお店の前まで来て、ぱたっと足を止める。

また、店の窓の前にコウモリが立っていたからだ。壁から少し離れているが、窓から中を見ているのはわかる。通りかかった人が、ぎょっとして彼を避けて大回りし、早歩きで過ぎ去っていく。

コウモリの獣民は、どこか人を寄せ付けない男だった。ココの店を訪ねてきた客から、彼の名を『香森《こうもり》ケイ』だと聞いている。常にひとりでいて、喧嘩っ早いラーテルの獣民に絡まれても無視していなくなったという。

僕はお店の扉の前で立ち止まり、窓を覗く彼に声をかけた。

「入らないんですか？」

香森さんが僕を一瞥した。目がキロッと動いただけで、やはり無表情である。感情のない目なのに、僕は直感的に、「関わらないでほしい」というメッセージを受け取った気がした。

彼は返事をすることなく、踵を返した。僕は彼の背中を見送り、お店の扉を開ける。

引き止めて話したかったけれど、あの冷ややかな目を見ると気が引けてしまう。中にはココの他に、イタチ系の獣民が三人いた。

「見た？　今、外から覗いてた！」

イタチ系の獣民らは、什器の前で井戸端会議をしている。話題は、香森さんのことのようだ。

「なんなの。いつもひとりでいるし、町になじむ気あるのかしら」

「なんかちょっと、変な人だよな。ちょっと近づきづらいっていうか……」

イタチらは、オコジョとミンクとフェレットである。

「あのコウモリ、前に住んでた町で血が欲しくて人を襲ったんだって。問題を起こしたから町を追い出されて、引っ越してきたらしいよ」

「うわ。怖い！　そういえば、異様な雰囲気だもんね。人を襲ってもおかしくない顔してるもんな」

三人のイタチは、ざわざわ話しながらレジに並び、ココからパンを買った。店を出て行くまで、絶えず話している。

「ってことは、俺たちも血を吸われる可能性があるってことじゃん？　見かけたら逃げた方が賢明だな」

「事件が起こる前にまた遠くへ引っ越してほしいな……」

チリンチリンとドアベルが鳴る。三人のイタチがいなくなると、ココはため息混じりに、くたっと耳を下げた。

「香森さん、昨日からああして度々、窓からお店の中を覗いてるの」

「え!?　覗くだけ？」

「うん、入ってはこない。十秒くらいじっとこっちを見て、すぐにいなくなる。でもしばらくするとまた来て、見て、いなくなる」

「なんだそれ……なんかちょっと、気持ち悪いな」

僕はちらっと、窓の外に目をやった。香森さんは戻ってきていない。店に入りたいなら入ればいいのに。ただでさえ独特の雰囲気があるのに、奇行のせいでいっそう不気味に感じられた。

「僕、さっき、お店に入る前に話しかけてみたんだよ。けど無視されちゃった。入らないなら、なんでお店を覗くのかな」

「さあ……。意図がわからないから、ちょっと怖い印象は否めないわね」

ココは言いにくそうに言葉を選んで、目を伏せた。

「そういう人だからかな、香森さん、町になじめてない気がする」

「そうみたいだね。浮いちゃってる」

先程のイタチの会話を思い起こす。陰であんなふうに言われているというのはよくないが、彼の纏う異様な存在感ならば、周囲が警戒するのも無理もない。行動が不可解だし、愛想もよくない。

ココが難しそうに顔を顰める。

「前の町を追い出されたって、本当なのかしら。引っ越してきたのはお仕事の都合だって、アヤノちゃんから聞いたけど……」

「どうなんだろうね。直接話をしてないからなんとも……」

肯定も否定もしないが、追い出されたと言われてちょっと納得してしまう自分がいた。

「こんなんじゃやだめよね。本人からなにも聞かずに、憶測だけで怖がったら失礼だよね」

ココがさらに顔を険しくする。

「ねえ想良くん、血液って、どこで手に入ると思う？」

唐突な問いかけに、僕は耳を疑った。

「まさかとは思うけど、血液入りのパンを作ろうとしてる？」

「香森さんは新しく引っ越してきたんだもの、ただでさえ不安でいっぱいのはず。それに加えて町の人から怖がられちゃうんじゃ、あまりにも居場所がない。よくわからない行動も、不安なせいで挙動不審になってるだけかもしれないわ」

ココの言葉は、ココ自身に決断を言い聞かせているように聞こえた。

「血の入ったパンがあれば、私に彼を受け入れる姿勢があることを表明できる。先日のピクニックパーティのとき、想良くん、『おいしいものが人と人とを繋ぐ』って言ってたでしょ。香森さんに心を開いてもらうには、それがいちばんかなって思ったの」

「言ったけど……血液なんて、どうやって手に入れたらいいのかな」

僕はとりあえず、トレーとトングを手に取った。ココがさらに唸る。

「そこよね。私がわざと手を切って血を入れたらいいのかな？」

「やめなよ。それはだめだと思うよ。ココが痛い思いすることないし、それに他のお客さんがびっくりしちゃうよ」

棚の中では、おいしそうなパンが照明を受けてきらきらしている。フルーツたっぷりの果実ブレッド、食欲をそそる外見をしたライグラスのフォカッチャ、いつの間にか定番メニュー化したカスクルート。そして僕のお気に入り、アップルデニッシュ。このパンの列の中にココの血が混入したパンが並ぶと思うと、気味が悪い。

ココはいっそううなだれた。

「冗談よ。でも、本当にどうしたらいいのかな。せっかく引っ越してきてくれたのに、このままじゃ嫌われ者になっちゃう」

こうして気遣うあたりに、ココの心優しい性格が現れている。

「ココのその気持ちだけでも、香森さんに伝えられないかな。自分のことを思いやってくれる人がいるってわかるだけでも、違うと思うよ」

「そうかしら？　じゃ、次に窓を覗きにきたら、思いきって話しかけてみようかな！」

ぱっと明るい顔になるココに、僕は反射的に待ったをかけた。

「でも何度もお店を覗いてるんだよね？　本当に危ない人だったらどうするの。ココのストーカーかもしれないよ！」

「それ想良くんが言う？」

「僕はただの常連客でしょ！　とにかく、話しかけるときは僕か、僕じゃなくても誰か知ってる人と一緒に行こう」

そんな会話を繰り広げている最中《さなか》、視線を感じた。振り返ってみると、窓の向こうにまた、香森さんがいる。帽子で顔が見えない彼は、黒い翼を体に纏い、石像のように佇んでいる。僕は自分の心臓がどきりと飛び跳ねたのを感じた。

ココがカウンターから出てくる。

「もう来た！　さっそく行ってくる」

臆することなく、ココは店の扉を開けた。

香森さんに突進していくココを追いかけ、僕もトレーとトングを置いて外へ出た。香森さんの頭がこちらを向く。ココは緊張気味な声を、彼に投げかけた。

「こんにちは。よかったら店内へどうぞ」

香森さんは、無言で佇んでいる。目深に被った帽子のせいで表情が読めない。ココはさらにもうひと押しした。

「お好みのパンがなければ、ご相談いただければ試作します。いかがですか？　やっぱり、血の入ったパンじゃないとだめですか？」

ここで初めて、香森さんの声を聞いた。

「……結構だ」

沈み込むような、深く低い声だった。

彼の反応を見て、ココがたじろぐ。

「でも、お店の中を見てたってことは、興味は持ってくださってるんですよね。もしよければ、私、あなたと仲良くできればと……」

「結構だと言っている。不快だったと言うのであれば、もう店内を覗くのはやめる。すまなかった」

彼はにべもなく言って、立ち去ろうとする。むっとした僕は、香森さんのジャケットの裾を摑んだ。

「ココがこんなに気遣ってるのに、そういう言いかたはないんじゃないの？　ココは香森さんがこの町に溶け込むきっかけを探してくれてるんだよ」

「誰もが群れたいわけではない。あえてひとりでいる者だっている」

香森さんは辟易《へきえき》した語調で言って、僕の手を翼で払った。ココが声に焦りを滲ませる。

「そんなの、寂しいじゃないですか。私でよければ、話し相手くらいにはなれます！」

すると香森さんは、帽子を深く被りなおし、より低く、そして鋭くて冷たい声で言った。

「自分の生きかたを肯定するために、他人を否定するんだな」

「え……」

ココが言葉をなくす。香森さんは容赦なく追撃した。

「群れない私の性分を、満たされない寂しい存在とし、下に見ているのだろう？　同情で声をかけた自分の優しさに酔いたいのかもしれないが、君の自己満足に私を巻き込まないでくれ」

ココの表情がみるみる色を失っていく。

「私……そんなつもりじゃ」

「無意識か。そうだろうな。偽善者は自己陶酔のためにひとりよがりになっている。なんであれ、大きなお世話だ」

僕も、ココの隣にいながら思考が停止していた。なにか言い返さないといけないとは思ったのだが、なにも思い浮かばない。

あんなふうに窓から店を見ていたから、ココに話しかけてほしいのかと思ったのに。それどころか、ココが温かく手を差し伸べているのに、酷い突き放しかただ。その衝撃と共に、手を差し伸べた行為そのものが、彼にとって迷惑でしかないという事実にも絶句する。

香森さんは僕らに小さく会釈すると、ぶわっと翼を広げ、飛び去っていった。僕は唖然として空中を見上げていた。あの人、空を飛べるのか。

通りを歩いていた町の住人が、びっくり顔で彼を目で追っている。今のやりとりを見て、よりいっそう心証が悪くなったに違いない。

ココはまだ、香森さんの消えた空を憮然として見つめていた。僕はそんな彼女にそっと声をかける。

「気難しい人だったね。ココは悪くないよ、気にしちゃだめだよ」

「ううん、あの人の言うとおりだよ。私にとって親切のつもりでも、香森さんが不愉快に感じたら、ただの迷惑行為よね」

ココの声は、弱々しく震えていた。

「私、自分の価値観で、誰かそばに人がいないと寂しいって決め付けて、わざとひとりでいるなんて考えもしなかった。こんなの、私のエゴの押し付けに他ならないよね」

「気にしなくていいって！　あの人、変わってるんだよ」

ココを慰めようと、明るい口調で苦笑する。が、こちらを振り向いたココは、ダンッと足で地面を叩いた。

「どうしてそんなこと言うの？　香森さんがはっきり言ってくれたんだから、ちゃんと向き合わないと失礼でしょ!?」

僕はびくっとたじろぐ。飼育係をしていた頃に見たことがある。足を叩きつけるのは、ウサギが怒っているときにする仕草だ。

「耳が痛いことを言われて『自分は悪くない、変わってるのは相手の方』なんて反省しないでいたら、いつまでも前進しないわ」

ココを思いやったつもりだったのに、ココ本人は勃然と僕を睨んでいる。緊張感ある空気を壊そうと、僕は慌てて取り繕った。

「そんな重く受け止めることないよ！　ココはウサギさんだから寂しがり屋なんだもん、あんな孤立してる人を見たら心配だったんだよね」

しかしかえって、火に油を注いでしまった。

「今、ふざけるタイミングじゃないよ。それに『ウサギさんだから寂しがり屋』ってなに？　そういう思い込みがいちばん嫌だって前に話したよね？　ウサギは寂しがり屋っていう説も迷信だし。本当、テキトーに喋ってるのね」

「あ……いや、ごめん」

「いつもウサギウサギって。結局はあなたも、獣民を見た目で判断してるのね」

ココの態度は、今まで聞いてきた窘めるような感じではなく、諦めに近い冷え切った色になっていた。まずい、と僕は言い訳を探す。だが惑っているうちに、ココは僕を突き放した。

「まあ、そっか。想良くんがお店に来てくれるのは、私がたまたまウサギだったからだものね。ウサギじゃなければ、見向きもされなかったのかもね」

待って、違う。僕はココに叫ぼうとしたが、ココはくるっと僕に背を向けてしまった。白い後ろ頭を前に、僕は言葉を詰まらせる。

「えっ、待ってココ。そんな……」

咄嗟に、言葉が出てこない。いろんなショックがごちゃ混ぜになって、声が喉で絡み付いてしまう。

しどろもどろになる僕を置いて、ココはお店に戻っていった。僕も追いかけようとしたが、閉まった扉の前で立ち尽くし、やめた。驚きや悲しみが、次第に怒りへとシフトしていったのだ。僕はココを元気付けようとしたのに、あんな態度はないではないか。

「そう思ってるんだったら、それで結構だよ」

僕はお店の扉に向かってひとりごとを吐き捨て、帰路についた。

むかむかがどんどん腹の中に溜まっていく。ココは一見、香森さんに怒られて反省しているように見えるが、僕に対するあの態度は八つ当たりではないのか。石畳を踏む足に力が入る。ココが八つ当たりなんかするような人だとは思わなかった。

バス停のそばまで来ると、栗住さんとばったり遭遇した。白いカットソーに深い緑色のスカートを穿いて、買い物袋を手に提げている。制服から着替えた私服姿は、初めて見た。

目が合うなり、彼女は挨拶より先に言った。

「なに、その不機嫌面」

僕は自分の顔を両手でぱしっと押さえる。

「常に不機嫌面の栗住さんから言われちゃったんじゃ様《ざま》はないな」

「冗談を言う余裕はあるみたいね」

ふと僕は、ココのことを栗住さんに言ってみようかと思った。ウサギのココにウサギと言ってあんなに怒るなら、どう接すればよかったのか。獣民との暮らしが長い栗住さんなら、正解を知っているかもしれない。

「ねえ栗住さん、このあと用事ある？　お茶を奢らせてよ」

なんて言ったが、実を言うと、ちょっと愚痴を零したかったと言うのが本音だ。察しのいい栗住さんは、先回りした。

「獣民関係？」

「もう見破られちゃった」

「わかった。じゃ、そこのカフェに入ろう」

栗住さんは獣民のこととなると受け入れが早い。

僕と栗住さんは、アヤノが働くカフェに入った。今日は先日に比べ、客が少ない。僕らの他には、女性客ふたり組と、会社員風のアライグマがひとりいるだけだった。

僕らに気づいて、アヤノがやってきた。

「いらっしゃーい。二名様ですね。お好きなお席へどうぞ」

台詞こそ自然な対応だが、表情はニタニタしている。アヤノは僕らの揉める姿がおもしろくて仕方ないみたいだ。

入り口近くの席に着き、栗住さんはコーヒーを、僕は紅茶を頼んだ。オーダーを取ったアヤノが、楽しげな足取りで店の奥へと消える。僕は改めて、栗住さんに切り出した。

「さっき、ココに怒られた。足をダンッ！って」

「その仕草、スタンピングっていうらしいわね。そういう動物的な動きがココから出たってことは、相当怒ってるんじゃない？」

「僕の接しかたはどう間違ってたのか、どうするのが正しい付き合いかたなのか、教えてほしい」

そう前置きして、一部始終を話す。栗住さんは、最後まで黙って聞いていてくれた。

話し終えると、栗住さんは第一声で僕を罵った。

「バカなのね。わかってはいたけど、正真正銘のバカなのね」

彼女は眉を顰《ひそ》め、頬杖をつく。

「それは『獣民との付き合いかた』じゃなくて『ひとりの友達との付き合いかた』の問題でしょ」

栗住さんのその言葉の意味は、僕にはすぐには理解できなかった。僕が聞き返す前に、栗住さんがため息混じりに問う。

「桧島くんは、ココがウサギだからあの店を気に入ってたの？　ウサギじゃなくても行った？」

「えっと……」

即答できなかった。振り返ってみると、完全に否定はできない。もしもパン工房の店主がウサギではなかったら、日課になるほど会いにいくだろうか。

栗住さんは数秒僕の返事を待ち、肩を竦めた。

「ココとしては、自分がウサギなのと関係なく、ココ個人と向き合ってほしかったんじゃない？」

そこへ、アヤノがカップをふたつ、盆に載せて持ってきた。

「それねえ。『もっとあたし自身を見て！』なんて言うと面倒くさい奴っぽくなるけど、わからんこともないわ。実際、生態として知っててほしい部分もあれば、個人的にはそうじゃないって部分もあったりして、一概に言えないからね」

アヤノが栗住さんの前にコーヒーを置く。続いて、僕に目配せをして紅茶を差し出してきた。

「まあそういうのは獣民に限ったことじゃないから、想良もわかるよね。『高校生は皆』とか『世の中の男は』みたいにひと括りにされて決め付けられたら不愉快でしょ？　仮に当てはまる部分があったとしても、おおよその大多数で物事を判断して、個人のことは見てない人なんだなって思うじゃん？」

「そうだけどさ。ココ、今まではこんなこと言わなかったよ。香森さんに傷つけられて、八つ当たりしてきたんだよ」

僕が言い返すと、アヤノは栗住さんの隣の椅子に腰を下ろした。

「今まで言わなかっただけで、日頃から溜まってたんじゃない？　で、香森さんの言葉が引き金になって、ぶちまけちゃったんじゃないの？」

「そうね。『香森さんは孤独で寂しい』という自分の思い込みを正された直後だったから、なおさら思うことがあったのかもね」

栗住さんも同意する。

「いずれにせよ桧島くんは、コウモリの気持ちを汲んだココに、いらないことを言った。その上彼女をイラッとさせる言葉を付け足した。ココの言いかたもきつかったのかもしれないけれど、有責なのは桧島くんね。謝りなさい」

「あはは、想良側一方の話しか聞いてないのに、想良に有責判決が下った。ウケる」

けらけら笑うアヤノに、カフェの店長が怒鳴った。

「アヤノ！　座ってないで仕事をしろ！」

「やば、店長にバレたわ。じゃあねー」

アヤノがいそいそと席を立つ。ふんわり揺れる彼女の尻尾を眺め、僕は熱い紅茶に口をつけた。

ココ個人と向き合うって、どういうことだろう。僕にどうしろというのだ。広く浅くの交友関係で世渡りしてきた僕は、そういうのがいちばん苦手だ。

しかし栗住さんもアヤノも、ココの肩ばかり持つ。僕はただ、ココを元気付けようとしただけなのにだ。

僕が不服な顔で紅茶を啜っているのを、栗住さんは様子を窺うような面持ちで静かに見つめていた。

＊　＊　＊

自室に帰り着いた僕は、すぐさま布団に倒れ込んだ。

栗住さんとアヤノの見解では、ココは普段にこにこしていたけれど、腹の中では僕の失礼な物言いに傷ついていたということだった。言われてみれば、僕は幾度となくココのふかふかな毛に触れようとして手を弾かれている。ああしてウサギ扱いされていたのが、実はかなりのストレスになっていたのだろうか。

改めて、僕は考えた。もしもココがウサギではなかったら。ココがありふれた人間の姿をした女性だったら、僕はこれほどあの店を好きになっただろうか。しかし考えようとしても、想像できなかった。あのお店には、ココ以外の店主などありえない。

枕に顔をうずめて悶々としていると、部屋の扉をノックされた。

「想良くんや。今日は田貫農園から採れたての甘夏みかんをお裾分けしてもらったんだ。一緒にどうだい」

公星さんの声がする。僕は枕から少し、顔を浮かせた。昨日のココの、うららかな笑顔が脳裏に蘇る。

『甘夏みかんでなにか作ったら、想良くん、味見してくれる？』

思い出したら、なぜか涙が出そうになった。そういえば、お腹が減ったな。

公星さんがもう一度扉を叩く。

「想良くん？　寝てる？」

「起きてる！　食べる！」

僕は枕を放って、部屋を出た。廊下には皿を持った公星さんが立っている。皿の中は、切り分けた甘夏みかんでいっぱいだった。

「よかった。どん底まで元気がないように見えたから心配したんだぞ」

「あれっ、わかった？　やっぱりハムスターには人の心を見透かす力があるね」

「ないない。君が、君自身で思ってる以上に顔に出やすいだけだ」

僕の冗談にくすくす笑い、公星さんは甘夏みかんを抱えて屋上へ向かった。僕も彼についていく。屋上に出るのは、イチゴを食べた日以来だ。

今日の屋上は、まだ空が明るかった。甘夏みかんと同じ色をした夕焼け空に、黄金色の雲がたゆたう。僕と公星さんは屋上に置かれたベンチに座って、真ん中に甘夏みかんの皿を置いた。

「それで、今日はなにを考え込んでたのかな？」

公星さんが、小さく切った甘夏みかんに楊枝を刺す。僕は眩しい夕日に目を細めた。

「僕、ココを嫌いになったかもしれない。僕がココに失礼なこと言ったのが原因なんだけど……ココの嫌な一面を目の当たりにしちゃって、面倒くさい人だなって思った」

こんなにすんなり本音で相談できる人は、公星さんが初めてかもしれない。今まで僕は、悩んでいても考え込んでいても、そういうもやもやしている姿を人に見せるのが嫌だった。割り切れない情けない奴に見られる気がして、強がっていたのだ。

だけど、イチゴを食べながら公星さんに聞いてもらった日を境に、自分の中でひとつ区切りがついた。あれ以来、僕は公星さんには脆い自分を見せられる。

「僕はココがウサギだから、『プティラパン』に行ってたのかな。ウサギじゃなかったら、あんなにあのお店に通うこともなかったのかな。ココを見た目だけで判断して、ココ自身のこと、なにも見えてなかったのかな？」

　自分の本音を他人に見せない分、他人を深く知ろうともしない。そういう付き合いかたが、僕の性分に合っている。でもそうしてきた結果、こうしてココとの距離感が摑めなくなった。

　公星さんは、甘夏みかんをもぐもぐ頰に詰めている。

「ふむ、なるほどな。じゃあ想良くん、君から見た『プティラパン』の好きなところを挙げてみようか。はい、よーいどん！」

「え！　ええっと、パンがおいしいところ」

　僕は促されるまま、指を折って数えた。

「獣民用の変なパンがあるところ。お店の装飾のウサギの置物がかわいいところ。朝ごはんのトースト用に買う食パンが、種類豊富で用途で選べるところ……」

　いろいろ出てくるけれど、そのどれかが欠けたとしても、まだ僕はあのお店に通う気がする。最後に、僕は小指を折って呟いた。

「……ココがいるところ」

　たぶん、これがいちばん大きい。お節介焼きだけれど空回りばかりで、面倒くさいほど実直で、懲りずに訪ねてくる僕を笑顔で出迎える、そんなココがいるから、あのお店のあの空間が完成しているのだ。

「僕、ココと仲良くなりたいんだった」

「ウサギだから？」

公星さんが聞いてくる。僕はベンチの背もたれに体重を預けた。

「それも、あると思う」

「要するに、近づいたきっかけは彼女の容姿だけど、知れば知るほど中身を知りたくなったということか？」

「あ！　そうそう！　それだ！」

公星さんがいきなり腹落ちさせてきて、僕は膝を打った。

「それってやっぱり、ただ見た目が好きなだけって思われちゃうかな？」

「いや？　外見が好みというのは、なにかを好きになるきっかけとして最大クラスの理由になり得るんじゃないか。来たばかりの頃の獣民を知らない想良くんが、獣民に興味を持ったきっかけは、ココちゃんがウサギだったから。それは紛れもない事実じゃないか」

公星さんはまろやかな口調で言って、甘夏みかんを頬張った。

この町に引っ越してきた初日、僕は獣民という見慣れない存在に戸惑って、なじめないでいた。だがココは、僕が大好きなウサギだったから、話したいと思ったし触れたいと思った。原動力はそんな単純なことだったけれど、そのおかげで僕は、獣民というものに親しみを覚えたのだ。

そしてココと一緒にあのお店で会話を重ね、ココの温厚でお節介な人柄を知って、ますます彼女を好きになっていった。僕にとって『プティラパン』でパンを選んでいる時間は、ただ食べるものを考えている時間ではない。一日の中のほんの短い、ココと過ごせるひときだったのだ。だから、僕はあのお店が好きなのだ。

やっと、自分の感情を整理できた。僕はウサギが好きという単純な理由でココに慣れ親しんで、僕を受け入れてくれたココをもっと好きになった。今抱えているもやもやは、ココに八つ当たりされた怒りなんかではない。この感情は、もうお店に行けないかもしれない、もう今までのようにココと話せなくなるかもしれないという、不安と焦燥と寂しさだったのだ。

「仲良くなりたいのに……なんでこうなっちゃったのかな」

呟いた声は、自分でも情けなくなるほどしぼんでいた。

「ナギサの一件で、ココがぐっと僕を見直してくれた気がしたんだけど……振り出しどころか、マイナスになったよね。これから僕は、どんな顔してココのお店に行けばいいんだろう」

公星さんが、僕の隣で楊枝に甘夏みかんを刺している。ぷすっと刺された甘夏みかんは、彼の口には運ばれず、代わりに僕の口に突っ込まれた。

一瞬、唐突に口に広がった甘酸っぱさに仰天して思考が停止した。

「旨いか」

公星さんがにへっと笑う。僕は楊枝を咥えて、口をもぐもぐさせた。果実が口の中で瑞々しく爆ぜる。初夏の風のような爽やかな酸味と柑橘類らしいさっぱりした甘み、それからほのかな苦味を感じる。

「以前わしが、若い頃の話をしたのを覚えているか。獣民の体のせいで生きていくのに苦労ばかりしたこと」

公星さんが、自分の分の甘夏みかんを取った。

「保護地区制度ができてからも、上辺だけの最低限の付き合いをしていた者もいると言っただろう。実は、それはわしだ」

「え！　公星さんって、朗らかだからすぐに他の獣民となじめそうなのに」

彼は旅人を受け入れて、旅の話を聞くような世話好きな人だ。その穏やかな人柄に加え、ハムスターという人畜無害そうな外見だ。他人から怖がられるタイプの獣民でもない。意外な過去にびっくりしていると、公星さんは自嘲気味に小首を傾げた。

「旅人とは一期一会だが、町の人たちとはのべつ共存しなくてはならない。付き合いかたは、まったく異なる。自分の祖先が弱い獣だからかな。他の獣民が、どれも怖く見えた。相手は同じ仲間だとわかっていても、本能的に危険を感じてしまうというか……」

彼はゆっくりまばたきをし、僕の目を丁寧に覗き込む。

「敵を作らないように愛想笑いを見せて、それでいてほどほどに距離を置くようにしていた。町の人たちも、わしが拒絶しているのをわかっていたのだろう。気を遣ってわしをそっとしておいてくれたよ」

体に電流が走ったかのような衝撃があった。僕もそうやって、他人に踏み込まないように生きてきた人間だからだ。

他人である以上、相手がなにを考えているかわからなくて、一歩が踏み出せなかったり、言葉が出なくなる。だからごまかしの利く距離感を保ってしまう。無自覚だったけれど、僕の人との接しかたは、公星さんの言うそれと同じだったのだ。

公星さんは、僕のぽかんとした顔をおかしそうに見ていた。

「だけれどね、今年に入ってココちゃんがお店を開いた。なんとはなしに店を覗いたわしは、どうやら開店して最初のお客さんだったようでな。ココちゃんはえらく喜んで、パンをたくさん、あれもこれもと試食させてくれた。びっくりしたが、そのおいしいパンを食べて、嬉しそうなココちゃんを見て、なんともいえない幸せな気持ちになった。わしはそのとき初めて、他の獣民と交流するのも悪くないなと思えたんだ」

「そっかあ、そうだったんだ」

僕は公星さんの丸い横顔を眺め、頬を緩ませた。

言われてみれば、僕もココのアップルデニッシュを食べて、えも言われぬ幸せな気分に包まれた。そしてまた、あのお店に行こうと心に決めたのだった。

公星さんが夕日に顔を向け、眩しそうに目を閉じた。

「ココちゃんのパンは、まるで人と人との心を繋ぐ魔法がかかっているみたいだ。そんなパンを焼くココちゃんが、君のちょっとした失言くらいで、君を嫌いになると思うか？」

そうだった。初めて会った日も、僕はココを怒らせた。あの日、僕は車の中で父さんと話した。

『ちゃんと謝れば、きっと許してくれるよ』

『そうだよね。よし、次に会うときは挽回しよう』

絶対仲良くなりたいと思った。手を握ったときのあの手触りを、忘れられなかった。そうだ、僕はまだ、ココに毛並みをじっくり触らせてもらっていない。そこまで仲良くなれていないではないか。

そう思ったら、僕は考えるより先にベンチから立ち上がっていた。

「僕、ココのところへ行かなきゃ」

「うむ。行ってらっしゃい」

弾かれたように駆け出す僕を眺め、公星さんは、まったりと甘夏みかんを味わっていた。

＊　＊　＊

宿屋の階段を駆け下りて、廊下を駆け抜け、スニーカーに足を突っかける。扉の外へと転がり出たら、僕は町の北へと駆け出した。日が落ちて暗くなりかけた夕空に向かって、全速力で走る。町の人たちがぎょっとして僕を見ても、まったく気にならない。

田舎の農道を走って、暗がりに広がる農園へ辿り着く。畦道《あぜみち》を行くタヌキの獣民を見つけて、僕はすぐさま声をかけた。

「田貫さん！」

「おお、想良くんじゃないか」

「お願いがあります！」

即行で頭を下げた僕がお願い事をすると、田貫さんは戸惑いながらも、快く頷いてくれた。

彼の協力を得たら、今度は、南へと走る。無我夢中になっていて感覚が麻痺していたが、息が上がってきていた。商店街へ入る頃には、足がふらふらになって走れなくなった。立ち止まって汗を滴らせて、呼吸を整える。

「ど、どうしたの？」

声をかけられて顔を上げると、そこはカラフルな花で彩られた店の前だった。声をかけてきたのは、店員の女性である。その娘であるハイエナのメグも、一緒になって僕の顔を窺っていた。閉店間際だったその店の店員は、僕から事情を聞くと、ぱあっと明るい顔になった。

「ちょっと待ってて！」

彼女は僕を店先に置いて店内に入り、そして僕に〝それ〟を渡してくれた。

いよいよ、真の目的地。僕の大切な、焼きたてパンの匂いがする、あの店へと向かう。

すでにすっかり日が落ちて、空には初夏の星座がまたたいていた。煌々と輝く満月を見上げ、僕は一旦、足を緩めた。もう閉まっているかもしれない。そんな焦りが胸をよぎる。それでも僕は、再び走り出した。閉店しているかもしれないけれど、その場合どうするかは、そのとき考えればいい。

やっと辿り着いた『プティラパン』の前で、僕は愕然とした。やはり、もう閉店時間を過ぎている。窓にはカーテンがかかっており、扉のウサギ形プレートは『CLOSE』の面を見せていた。肩で息を整えて、また走り出す。

立ち止まって考える暇はない。諦める選択肢はもっとない。今はただ、会いたい。カフェにアヤノはいるだろうか。彼女に聞けば、ココがこの時間どこにいるのか、わかるかもしれない。町の中心に向かって走り出そうとしたそのとき、僕は通りの反対側に、先の茶色い長い耳と、花柄のワンピースを見つけた。

「ココ!」

叫んだ声は、呼吸が乱れていたせいで裏返ってしまった。長い耳がぴんとまっすぐになって、こちらを振り向く。

「ココ、ココ!」

僕の大声で、道行く獣民が振り向く。僕は通りの向こう側へと駆け出す。ぶわっと春風が吹いて、町の花々が花弁を散らす。僕の腕の中からも、白い花びらが吹き飛んだ。その小さな花が、ココの顔の前を横切っていく。

ココの瞳は、満月が映りこんだみたいにきらきらして見えた。

「想良くん、それ……」

春風が甘く爽やかな香りを運ぶ。僕の腕の中には、ひと抱えもあるバスケットと、その中にぎっしり詰まった、真っ赤に熟したリンゴがあった。抱えて走るには重たくて、腕がぷるぷるする。

僕はココの背丈に合わせて転びかけながらしゃがみ、それをココに差し出す。

「さっきは失礼しました！　おねえさんがあまりにもかわいくって！」

「え、そ、想良くん!?」

田貫農園で採れるこだわりのリンゴだ。バスケットには、牧草のブーケと小さな白い花が添えられている。『灰江奈生花店』で添えてもらった、リンゴの花だ。

ココがよそよそしく目を泳がせる。

「想良くん、ちょっと落ち着いて」

「ココが好きなもの、僕、これしか知らないけど」

僕はぜいぜいと荒い呼吸を繰り返し、息の隙間で訥々と話した。

ココの白い毛が風に吹かれている。潤んだ丸い瞳に星を宿して、微かに僕を映していた。

通りすがる町の住人が、立ち止まって僕らを見守っている。

「これしか知らないけど、これだけは覚えてる。これしか知らないから、これからもっと、ココの好きなものを教えてほしい」

初めてココのパンを試食したとき、ココは僕にウサギカットのリンゴをくれた。ネッカチーフのワッペンも、ウサギリンゴのデザインである。

バスケットをココに突き出して、僕はココの黒い瞳に言った。

「好きなものだけじゃない。嫌いなものも、苦手なものも、欲しいものも怖いものもなんだっていい。もっと、ココ個人のことを知りたい。ウサギだからとか関係ない。僕は、ココのことを知りたいんだ！　お願いだから嫌いにならないで。友達にももっと自慢させて。これからも僕を、『プティラパン』に通わせて！」

僕は深々と頭を下げて、さらにずいっとバスケットを突き出した。

「ココが真剣に考えてる真面目な気持ちから目を背けて、中途半端にウサギ扱いしてあわよくば触ろうとしたりして、本当に本当に申し訳ございませんでしたあ！」

「落ち着いてって言ってるでしょ！」

パーンと、ココの丸い手が下げた僕の後頭部を思いきり引っぱたいた。目を上げると、耳を左右に垂らして目を吊り上げたココが、ぷるぷる震えていた。

「わかったから……！　照れちゃうからやめて」

「許してくれるの？」

「許すもなにも、怒ってないよ」

ココがつんっと顔を反らす。僕は頭の位置を低くしたままで訝った。

「嘘だ。さっき怒ってたじゃん。足をダンッってしてた」

「バカなことばっかり言うから厳しめに叱ったけど、怒ったつもりはありません」

「屁理屈だ……」

言いながら、僕はぷっと吹き出した。

嫌われたわけでないのなら、まあいいか。

そのときだ。急に、僕のお腹がくるるると情けない音を立てた。僕とココの間に、天使が通る。数秒後、ココがぷはっと吹き出した。

「もう、お腹空かせてるの!? せっかくいいとこ見せてきたと思ったのに。そういうとこ本当、君らしい！」

僕はなにも言えず、唇を噛んで下を向いた。今日はココのことで悩んでしまって、夕飯を食べるのをすっかり忘れていた。甘夏みかんの欠片しか食べていないのだ。

ココは僕の手に自分のふかふかな手を添えた。

「世話が焼けるんだから。ほら、こっちおいで。お店に残ったパンがあるから、サービスしてあげる」

「本当!?」

ココの厚意に甘えて、通りの向かいの『プティラパン』へ戻る。ココが裏口を開け、僕を招く。厨房を通り抜け店へ出て、ココが照明をつけ、窓のカーテンを開けた。真っ暗だった店の中が、ぱあっと明るくなる。暗さに慣れた目には、眩しいくらいだ。

お店の棚の中には、今日の分の売れ残りのパンが数個だけ残っている。僕はその中からたまごサラダのコッペパンをもらい、イートインスペースに腰かけた。リンゴのバスケットは、テーブルの端に置く。

ココも僕の向かいに座る。僕はコッペパンをテーブルと平行に持って、ひとつ息を吸った。

「いただきます！」

コッペパンの端から、思いきりかぶりつく。

ふわふわのパン生地からたまごサラダがぽろっと溢れ出す。ほどよい塩気が空きっ腹を満足させてくれる。食べはじめると、麻痺していた空腹感が目を覚まし、夢中になってがっついてしまう。

ココが満足げに頬を緩めた。

「いい食べっぷりね。売れ残ったパンは、大体自分で食べるか、お客さんにあげちゃうの。食べ手がいるのは、私にとってもありがたいよ」

微笑ましげに僕を眺め、耳をぺたっと倒す。

「私も……さっきは酷い言いかたしちゃった。ごめんね。香森さんの言葉で私はハッとさせられたけど、想良くんにはなにも響いてないように見えて……」

ココはもごもごと謝って、ぱっと顔を上げた。

「でも想良くんがテキトーなのはよくわかってるから、今更そんなことでがっかりしたりはしない。言ったでしょ？　想良くんはお日様みたいって。私にとっての太陽なのに、そんなに簡単に嫌いになるはずないじゃない」

「あ、かわい……ん！」

つい、またココをかわいがりそうになり、途中で口を噤んだ。こういうのが嫌がられるのだ。ココは微かに、呆れ顔を覗かせた。

「その……そういうのも、最初はちょっと抵抗あった。こんなウサギなんて愛玩動物の姿だから、『かわいい』って言われると期待に応えなきゃいけない気がして、複雑だったの」

かと思いきや、ココはすっと、バスケットからリンゴをひとつ、手に取った。

「でももう、今はそんなに嫌じゃない。恥ずかしいけど、かわいいって言ってもらえて悪い気はしない。期待に応えようとして取り繕ったりしなくても、想良くんはありのままの私にそう言ってくれる。それに……」

彼女はリンゴのバスケットを抱え、えへっと顔を綻ばせる。

「ウサギの姿で生まれたから、想良くんが私に懐いてくれたんだと考えたら、すごくラッキーだなって。私、獣民に生まれてよかったって思えたの」

花のような可憐な表情が、ほっと僕の胸を癒す。

「じゃあ、ウサギって言ってもいい？　触れたくなってもいい？」

「ウサギなのは事実だからね。でも、あんまりペットみたいな扱いかたをするのはやめてよ？」

「うん、かわいい」

今度は、途中でやめずにしっかりと言えた。ココが獣民でよかった。ココがココでよかった。

お腹が満たされたおかげだろうか。胸の中まで満たされたような気持ちになって、自然と顔がニヤけてしまう。顔を伏せてごまかす僕を、ココもおもしろそうに観察していた。

ふと、僕とココは、ハッと視線に気づいた。窓の向こうだ。街路樹の陰から、誰かが見ている。黒い翼を体に巻きつけた、あのコウモリ男だった。

「あ！　あの人またココのこと見てる」

僕が指をさして警戒するやいなや、香森さんはふわっと翼を広げた。いきなり現れてじろじろ見ておいて、気づかれると逃げる。僕はむっとして追いかけようとした。が、しかし、ココの方が素早かった。

ココはウサギさながらの脚力で椅子を飛び降りると、バスケットをテーブルに残して店の扉の鍵を開けた。扉を開け放ち、彼女は外の香森さんを大声で呼び止める。

「待って！　あなたが見てたのは私じゃなくて、これじゃない!?」

ココが手に持って掲げたのは、僕が渡した、バスケットの中のリンゴだった。香森さんが、翼を広げたままで静止する。

僕はたまごサラダコッペを口に詰め込んで、ココを追いかけた。ココがリンゴを手に、街路樹の方へと歩み寄る。

「今日、早めにお店を閉めて、図書館でコウモリについて調べてみたの。ほとんどの種類のコウモリが吸血しないいんだってね。私、てっきりコウモリ全般が吸血するんだと思ってた」

「ええ!?　違うの？」

僕はココの背後でぎょっと声を上げた。ココがちらりとこちらを一瞥する。

「吸血するコウモリはチスイコウモリという種類だけなんだって」

僕がココのことで悶々と悩んでいる間に、ココは独自に、コウモリを研究していたようだ。

のでも、自分なりの親切を押し付けて失敗したココだったが、そこで香森さんを嫌いになったのでも、落ち込んで屈したわけでもなかった。香森さんを知ろうと、歩み寄る努力をしていたのだ。

「ごめんなさい、香森さん。祖先の動物を誤解されて印象を決められるのが嫌だってこと、私もよくわかってたはずなのに」

ココがぺこっと頭を下げる。僕はココと香森さんを交互に見比べた。

「じゃあ、香森さんは……？」

「おそらく彼の種類は、見た目から推測するに、フルーツバット……果物や花の蜜、花粉を食べる種類じゃない？」

ココは顔を上げ、香森さんに問いかけた。香森さんはしばらく翼を広げていたが、やがてその翼をすっと体に寄り添わせた。

「ご明察。私の祖先は、ルーセットオオコウモリという種類のフルーツバットだ」

そう言って、彼は片翼を上に向けた。翼自体が皮膜のついた手であるようで、その長い指先でぬっと、深く被っていた帽子をずり上げる。覗いた目は相変わらず人を信頼していない色をしていたが、それでも、幾分か視線が柔らかくなったように感じた。

コウモリに果物を食べる種類がいるなんて、僕はまったく知らなかった。完全に、イメージに踊らされていたのだ。町の人も、獣民である人々ですら、香森さんが吸血するものと思い込んでいたのである。

「だったらなんでそう言わなかったの？　町で勝手に、香森さんが血を吸うコウモリで、危険な人だって噂になってる。反論しないと広まっちゃうじゃないか」

僕が香森さんに詰め寄ると、彼はうっとうしそうに体を仰け反らせた。

「我々コウモリ系の獣民は、どうにも吸血イメージが拭えない。当のチスイコウモリの獣民も、自治体から家禽《かきん》の血を配布されているから人を襲うことはないのにもかかわらずだ。それゆえコウモリは、肉食獣とはまた違った不気味なイメージを持たれがちになる。どこへ行ってもそういう目で見られ、くだらない流言飛語で迫害されるのが落ちだから、もう他人にいちいち説明するのも面倒だったのだ」

「嫌われ者でいた方が、楽だったのね？」

ココが怪訝な顔で言う。香森さんはあっさり頷いた。

「話しても伝わらない相手に必死に説明するよりは、ずっといい」

僕は香森さんの第一印象の、あの冷たい瞳を思い出した。あの目は、今までに何度も不気味がられてひとりにされてしまった彼の、孤独の目だったのだ。話をしても、どうせ伝わらない……そう思っていた彼は、人を信頼しない、疑ってかかるような目つきをしていたのだろう。

「伝わる人には伝わるよ。わかってくれる人の方が、世の中には多いわ」

ココが微笑む。

「お店を覗いてたのは、リンゴのパンが気になったから？」

「……そこの少年が食べていたパンを購入する機会を窺っていた。他の客がいるときは必要以上に怖がられそうだから、誰もいなくなるのを待っていたのだが……」

「窓から見てたら余計怖いよ！」

僕が笑い出すと、ココもふふっと吹き出した。香森さんも、僅かながらふっと笑う。

「すまない。人付き合いが苦手で、なにが嫌がられるか、いまいち把握できていなかった」

そんな彼へ、ココは温かな眼差しを向けた。

「ひとりでいたいという気持ちも、わかる。誰もが必ずしも、明るい場所が好きなわけじゃない。私、香森さんの事情も聞かず、香森さんの気持ちを理解しないで自分の価値観を押し付けてた。本当にごめんなさい」

そしてココは、手に持っていたリンゴを香森さんへと差し出す。

「ひとりでいたいときは、ひとりでいてもいいと思う。けれど、誰かと話したくなったらいつでも私のところへ来て。たとえひとりが好きな人でも、決して孤独ではないわ。そばに私がいること、忘れないでね」

香森さんはまた、つまらなそうな面持ちに戻った。

「君はお節介だな」

「よく言われます。だけれど、あなたがひとりでいたいときまでちょびちょび突っかかったりはしない。ただあなたがパンを買いに来てくれたら、心から大歓迎するわ」

「勝手にしてくれ」

香森さんはそう言いつつも、ココが差し出すリンゴを手に取った。リンゴを手の上でぽんぽんと軽く投げて弄んだあと、ふわっと翼を広げて夜の空へと飛び立つ。ココが満足げに星空を仰いでいる。僕はそんなココを眺めて、頬を緩ませていた。

パン工房は、パンで人と人とを繋ぐ。誰かを幸せな気持ちにさせる。僕はまた、それを体感させてもらった。

＊　＊　＊

後日。四月も終わりを迎えはじめ、明日からゴールデンウィークが始まる。僕も明日から帰省しようという四月最後の日、僕は日課どおりに『プティラパン』へやってきた。

店内には手描きのポスターが掲げられている。

「リンゴフェア？　いいねえ！」

ココの手描きポスターは、バスケットに入ったリンゴと、白やピンクのリンゴの花の絵が柔らかなタッチで描かれていた。そういえば、ココのトーストのレシピノートの絵からもわかるが、彼女はやたらと絵が上手だ。

お店の中心の台の上には、リンゴのパイやリンゴジャムのクイニーアマン、リンゴカスタードのクリームパンと、リンゴ入りポテトサラダのサンドウィッチまで、リンゴをたっぷり使ったパンが並べられている。もちろん、アップルデニッシュもあった。

「普段置いてないパンもある！　どれにしようかな」

「想良くんがくれたリンゴがあんまりにもたくさんだったから食べきれなくって。とってもおいしかったけど、ひとりじゃさすがにね」

カウンターの向こうで、ココがいたずらっぽくはにかむ。

『プティラパン』は今日も、買い物客でわいわいと賑わっている。特にリンゴフェアのコーナーには、ノーマルも獣民も分け隔てなく吸い寄せられていた。

ココが満足げにお客さんの波を眺めている。

「昨日ね、香森さんがお店に来てくれたのよ」

「へえ！　ツンツンしてたから来ないと思った」

「閉店間際のお客さんがいないタイミングにすっと来て、無言でリンゴのパンを買ってすぐに帰っちゃった」

それでも、彼がこの店を訪れたこと自体に驚かされた。プライドとの拮抗はあったようだが、ココの気持ちが受け入れられたような気がして、ちょっと嬉しくなる。

ココはカウンターに腕を載せて、窓の向こうに目をやった。

「アヤノちゃんのいるカフェにも、来たらしいわ。他のお客さんたちに緊張が走ったって。

町の人たちが彼に慣れるのにはまだ時間がかかりそうね」

「仕方ないよ。だけど香森さんがなにもしなければ、自然と皆理解すると思う」

「そうねえ。ただ、吸血しないと知ってもらえたとしても、なじめるかは別の問題だよね。彼、ちょっと話しかたの当たりがきついから、それだけ気をつけてもらえれば……」

お節介なココは、未だ香森さんの心配ばかりしている。

「私は彼と仲良くなりたいし、聞いてみたいこと、たくさんあるんだけどなあ。超音波は出せるのかとか、空を飛べるのってどんな感じなのかとか。いちばん気になるのは、逆さまになってぶら下がることはできるのか」

「ああ！　コウモリってよく、洞窟の天井にぶら下がってるよね」

「逆さになるんだとしたら、その姿勢で食事をすることはできるのかしら。それができるとしたら、コロネの細い方から食べてもクリームを零さなくて済むんじゃないかとか……素朴な疑問だけど、気になるの」

「たしかに！　もうちょっと香森さんと親しくなれたら、絶対聞こう」

変なところに疑問を持つココに、僕は笑いながらも賛同した。香森さんがひとりでいたければその価値観の邪魔はしない。だけれどたまに顔を見せてくれたときに、こんなしょうもない質問に答えてくれるくらい、心を開いてもらえたらと思う。

ココは窓の外から僕に視線を戻し、ぽふっと手を打った。

「リンゴ、まだあるからよかったら持って帰る？　家族へのお土産によし、公星さんと食べるもよし、トーストに載せるもよし」

そう言ってココは、カウンターの裏からリンゴをひとつ、差し出してきた。僕はそれを受け取り、真っ赤な表面を目でなぞる。

「僕のところに返ってきた！　けど、いいね。僕の家族にも食べてほしいし、公星さんもリンゴ好きだし。トーストにはどんなふうに使えるの？」

カウンターに寄りかかって聞くと、ココは耳を小刻みにぱたぱたさせて、興奮気味に食いついた。

「リンゴを薄切りにしてトーストの上に並べて、シナモンを振って焼く！　私、これとっても好きなの」

「おいしそう！　その場合のお勧めの食パンは？」

「そうねえ、具がどっしりしてるから、山型か……それかデニッシュ食パンかな」

こうしてココからパンの話を引き出すのが、僕の最近のブームだ。嬉々としてパンの話をするココを見ていると、パンを焼く仕事が本当に好きなのだと伝わってくる。

「いいなあ……」

いきいきしたココの顔を見て呟くと、ココはきょとんと首を傾げた。僕は肩を竦め、「なんでもない」とごまかす。

僕もいつか、ココのように大切なものを見つけられるだろうか。自分の仕事を通して人を幸せな気持ちにさせる、そんな誇りを持てる日が来るのだろうか。

「そうだわ、想良くん。これ、試作品なんだけど……」

ココが僕に、手のひらに乗るほどの丸っこい瓶を差し出してきた。中身は、夕焼けを閉じ込めたような澄んだ山吹《やまぶき》色をしていた。

「甘夏みかんのマーマレード！　初夏の新商品用に作ってみたの」

「おいしそう！」

「よかったら、朝食のトーストに塗って食べてみて。リンゴとの相性も抜群なのよ」

「やったー！　ああでも明日の朝まで待てない。今から食べよう」

僕はトレーにシンプルなシュガーラスクを載せた。これにマーマレードをつけて、味見するのだ。

それと、フェア真っ最中のリンゴのパンから、おやつをいくつかチョイスする。アップルコンポートとクリームチーズの白いパンと、果肉のごろごろ入った蒸しパン。それから、アップルデニッシュ。僕が初めて食べたココのパンは、焼きたてのアップルデニッシュだった。あれ以来、このパンが僕のいちばんのお気に入りだ。

パンを購入し、僕はイートインスペースの椅子に腰を下ろした。買ったばかりのシュガーラスクの袋を破り、マーマレードの小瓶を開ける。瓶の中からほのかに、甘酸っぱい香りが漂ってきた。明るい夕日色が、店内の照明の光を受けてきらきらしている。その眩しいジャムの中には、果肉とピールが浮かんでいた。

お客さんたちが各々パンを選んでいる。ココはレジに持ち込まれたトレーを受け取り、丁寧に袋詰めをして、にっこり笑ってお客さんに手渡している。一連の仕草がころころふわふわしていて、かわいくて仕方ない。

僕はそんなココを横目に、ラスクの端にマーマレードを付けた。口に運ぶと同時に、ぷるっとしたマーマレードの爽やかな酸味、それから凝縮された甘みが弾ける。ラスクのカリッとした食感も相まって、おのずとふた口めをぱくついていた。

奥歯でカリカリとラスクを咀嚼し、僕は鞄のファスナーを開けた。マーマレードをしまおうとして開けたのだが、ふいに、端の曲がったプリントが目に留まる。すぐになんのプリントか思い出した。進路希望のアンケートだ。ぱらっと開いて、用紙の右下に記された提出期限日が目に飛び込む。

「しまった。休み明けまでに提出だった」

ただの希望アンケートにすぎないと思って、提出を先延ばしにしていた。期限に余裕があるからといってギリギリまで放置してしまうのは僕の悪い癖である。

ラスクをポリポリ齧ってアンケートとにらめっこしていると、ひととおり客をさばいたココが、僕の隣にやってきた。

「ふう、一段落。私もおやつにしようかな」

アップルデニッシュを持ってきたココは、機嫌よさそうに椅子に腰を下ろした。ラスクを食べ終えた僕は、ココと同じくアップルデニッシュを手に取る。

「お疲れ様。接客してるココもぽふぽふしてかわいかったよ」

「またそういうこと言う。ん？　それ、なに？」

ココはもぐもぐとパンを食べて、僕の手元にあるアンケートに気づいた。

「学校から配られた進路希望アンケート」

「進路かあ！　青春の響きね」

ココが額に手の甲をつける。僕ら学生にとって進路は大きな悩みのポイントだが、そこを通り抜けたあとのココには、もはや懐かしい響きだったみたいだ。

「ココも進路で悩んだりしたの？」

「私は幼い頃からパンのお店を持つことしか考えてなかったから、特に悩んだりはしなかったな」

「そっか。僕はなんにも考えずに十五歳まで来ちゃったから、進路のこと聞かれるのがすっごく億劫なんだよね」

アンケートの中の選択肢を見ていると、頭が痛くなって放り出したくなる。ココは左だけ耳を垂らし、小首を傾げた。

「なりたい職業とか、学んでみたい学問とか、ないの？　前に獣医になりたかったことがあるって言ってたけど、本当に未練はないの？」

「うーん……考えたくない。難しいこと聞かないでよ……」

アンケートを畳もうとしたら、ココの手が伸びてきて僕の邪魔をした。

「他人事にしないの！　想良くんのことでしょ」

考えなくてはならないのは、承知している。うやむやにし続けていたら、あっという間に三年生になってしまう。それはわかっているのだけれど。

獣医に未練がまったくないかといえば、そうとも言い切れない。無責任な僕には無理だと思って一度は諦めたけれど、この町に来て、動物に真摯に向き合いたい気持ちは強くなった気がする。

だがそれとは別に、さらにもうひとつ、気になる分野が増えた。

「まだ、深く考えたわけじゃないんだけど……」

僕はやや目を伏せて、ぽつりぽつりと話した。

「北海道に、ちょっと興味深い学校があるんだ」

「あら、北海道！　いいわね、広くて自然いっぱいで、おいしいものもたくさんある！素敵じゃない！」

ココは僕より乗り気で目をきらきらさせた。僕はうーんと唸って、アップルデニッシュを睨む。

「でも北海道まで行くとなると、この町にもそうそう来られなくなるんだよね。そう思ったら、はっきり『行きたい』って断言できないんだよなあ」

「断言はできなくていいんじゃないかしら。まだ一年生でしょ？　これから気持ちが固まっていくかもしれないし、逆に、他にやりたいことが出てくるかもしれない。どんな結論が出ても、私は想良くんを応援してるよ」

ココの微笑みを見ていたら、僕はこんな悩みも小さいことのような気がして、へらっと笑ってしまった。

お節介なココは、さらに僕の将来に世話を焼いた。

「いずれにせよ、北海道行きに向けて引っ越し費用や進学費用を貯めておいた方がいいんじゃない？」

「わあ、そういうの考えるのも面倒くさい」

うなだれる僕を笑いつつ、ココはデニッシュを齧りながら徐ろに提案した。

「このお店でバイトする？　最近忙しくなってきたし、扱《こ》き使ってあげるわよ」

「あ！　それいいかも」

僕は垂れていた頭をばっと上げる。

「『プティラパン』でバイトすれば、ココの食べられないものを試食するにも便利だし、賄《まかな》いでお店のパンをもらえそうだし、来店してくる獣民とも触れ合えるし」

メリットを数える声が早口になる。

「なにより、ずっとココを見ていられる！」

両手で拳を握り締めた僕を見て、ココは呆れ顔で苦笑した。

「冗談よ。……半分ね」

「半分？」

聞き返すと、ココは不敵に笑ってはぐらかした。

「ウサギを見ていたいなら、私じゃなくて本物のウサギを飼えばいいのに。私の祖先はかわいいよー？」

茶化すような口調で促してくる。僕ははっと苦笑した。

「いやいや、僕に生き物のお世話なんてできると思う？　無責任の権化だぞ」

「できると思うよ」

ココはしれっと言って、アップルデニッシュを口に運んだ。僕は耳を疑い、ココの顔を覗き込む。ココはもぐもぐとパンを齧り、マイペースに言った。

「想良くんはねえ、たしかにテキトーだよ。責任感がまるで感じられない。動物飼いたいなんて言いだしたら、私でもまず一旦止める。生き物の世話は、生半可な覚悟じゃできないわ」

彼女の言葉は、僕の胸に容赦なくグサグサグサと三回刺さる。打ちのめされる僕を、ココは不敵に笑って見ていた。

「それでも想良くん自身の口から、『大丈夫』って言い切ってほしい。本当はちゃんと責任を持って愛情を注げるんだって、証明してみせてほしいな」

「でも……」

僕の反論を遮って、ココは続ける。

「想良くんは自分で、『大事にできないかも』って諦めちゃったみたいだけど、私はなんとなく、意外とそんなことないような気がするの。牧草事件もナギサちゃんの件も、君は最後まで投げ出さずに向き合った。君はテキトーなところはテキトーだけど、一途なところはすっごく一途。しつこいくらい！」

青天の霹靂《へきれき》という言葉は、こういうことをいうのだろう。僕はいつの間にか、パンを口に運ぶ手が止まっていた。

こんなふうに見られていただなんて、想像もしていなかった。自分はもっと頼りなくて夢中になることを知らない、軽い性分だと認識されているつもりでいた。友川などの友人たちからも、そう評価されている。

でも、ココには僕がこう見えているのだ。彼女には、僕の中にあるらしい一途な側面が見えている。そう思った瞬間、視界が広がった気がした。僕は僕自身を、信用できていなかったのではないかと思えてきた。

ココはデニッシュを口の前で止め、ハッとなった。

「あっ、だからだめなんだわ！　しつこいくらい愛情深いから、本物のウサギなんて飼いはじめたら、学校へも行かず一日じゅうウサギを愛でてしまう。それは危険だわ」

「え!?　そんなこと……ないとは言い切れない！」

僕が頭を抱えると、ココはふふっと目を細めた。

「それは困るわね。想良くんがお店に来てくれなくなったら、私、寂しくて死んじゃうわ」

冗談を言うココがこれまた愛らしい。僕は綻ぶ顔を伏せて、撫でたくなる衝動を耐えた。

チリンチリンと、ドアベルが来客を告げた。ココが椅子を立つ。

「いらっしゃいませ！」

僕はテーブルに置いていた食べかけのアップルデニッシュを手に取った。端っこをはむっと齧ると、甘い甘いリンゴが、カスタードと共に舌に流れてくる。

幸せな気持ちって、きっとこういう味だ。

僕は今日もココの後ろ姿を眺めて、焼きたてのパンがくれる幸せを堪能していた。

# あとがき

自分の幼少期の写真を見ると、かなりの高確率でパンを握っています。これはなぜなのか母に聞いたら、泣き虫で仕方なかった私はパンを持たせておくとおとなしかったのだとか。当時から好きだったようですが、私は今でも、パンが好きです。植原です。

初めましてのかたもそうでないかたも、この物語をお手にとってくださり、ありがとうございました。

この物語は、姉が飼育していたハムスターから着想を得ました。ハムスターの古い飼育書では、ハムスターと言えばひまわりの種を与えておけばＯＫと書かれていることが多いのですが、現在ではその常識は変わってきています。

動物は、自分の口では意思を伝えられません。逆に、こちらが「食べちゃだめ」と言っても伝わりません。そこで、人間のように話せて獣でもある立場を作り、言葉にしていけたらと思ったのが原点でした。

これを通して動物のことやパン工房のお仕事、パンのこと、朝のトーストチャレンジなどなど、少しでも興味を持っていただけたら嬉しいです。進路に悩む、未来ある若いかたがたの活力になれたらもっと嬉しいです。

また、『獣民』は架空の存在ですが、マイノリティを抱え生きづらさを感じつつも、自分なりの在りかたを模索して逞しく生きる人々です。現実に存在する、似た境遇の人や、そんな人たちに寄り添いたい人に、この物語の意味が届いたらいいなと思います。

作品を完成させるにあたり、協力してくださった関係者の皆様、そっと見守ってくれていた家族、友人、応援してくださった読者の皆様に、心より感謝を申し上げます。本当に本当に、ありがとうございました。

この物語が、誰かが誰かに優しくなるきっかけになれますように。

植原翠

この物語はフィクションです。
実在する人物、団体等とは一切関係がありません。
本作は書き下ろしです。


植原翠先生へのファンレターの宛先

〒101-0003　東京都千代田区一ツ橋2-6-3　一ツ橋ビル2F
マイナビ出版　ファン文庫編集部
「植原翠先生」係

焼きたてパン工房プティラパン
〜僕とウサギのアップルデニッシュ〜

2019年2月20日　初版第1刷発行

著　者　植原翠
発行者　滝口直樹
編　集　山田香織(株式会社マイナビ出版)、須川奈津江
発行所　株式会社マイナビ出版
〒101-0003　東京都千代田区一ツ橋2丁目6番3号　一ツ橋ビル2F
TEL　0480-38-6872（注文専用ダイヤル）
TEL　03-3556-2731（販売部）
TEL　03-3556-2735（編集部）
URL　http://book.mynavi.jp/

イラスト　いつか
装　幀　奈良岡菜摘+ベイブリッジ・スタジオ
フォーマット　ベイブリッジ・スタジオ
校　閲　株式会社鷗来堂
DTP　石井香里
印刷・製本　図書印刷株式会社

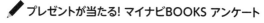

Fan
ファン文庫

# 喫茶『猫の木』物語。

不思議な猫マスターの癒しの一杯

不思議な猫頭マスターのいる
『喫茶　猫の木』へようこそ。

静岡県の海辺、あさぎ町にあるレトロな喫茶店『猫の木』。
その店のマスターは、なんと猫頭——!?
小説投稿サイト「エブリスタ」の大人気作が書籍化!

著者／植原翠
イラスト／usi

ファン文庫

# 運命屋《サダメヤ》

## 幸せの代償は過去の思い出

著者／植原翠
イラスト／イリヤ・クブシノブ

「猫の木」シリーズが大好評の著者が大胆に描く、
現代ダークミステリー誕生！

「どんな未来をお望みかしら」
記憶を代償に未来を変えることのできる魔女、
僕は彼女とつながっている……。

Fan
ファン文庫

# お悩み相談室の社内事件簿
会社のトラブルすべて解決いたします

会社の問題をスカッと解決！
痛快お仕事コメディ。

部下の裏切りにより転落して社内で最も窓際と言われる「お悩み相談室」に追いやられた主人公。そこで個性的なメンバーとともに社員の悩みを解決していく。

著者／浅海ユウ
イラスト／庭春樹